DER MANN IN DEN BERGEN

EINE BAD BOY LIEBESROMANE

JESSICA FOX

INHALT

1. Kapitel 1 — 1
2. Kapitel 2 — 8
3. Kapitel 3 — 13
4. Kapitel 4 — 20
5. Kapitel 5 — 28
6. Kapitel 6 — 35
7. Kapitel 7 — 40
8. Kapitel 8 — 47
9. Kapitel 9 — 52
10. Kapitel 10 — 58
11. Kapitel 11 — 63
12. Kapitel 12 — 67
13. Kapitel 13 — 71
14. Kapitel 14 — 75
15. Kapitel 15 — 82

Veröffentlicht in Deutschland:

Von: Jessica Fox

© Copyright 2020 – Jessica Fox

ISBN: 978-1-64808-204-7

ALLE RECHTE VORBEHALTEN. Kein Teil dieser Publikation darf ohne der ausdrücklichen schriftlichen, datierten und unterzeichneten Genehmigung des Autors in irgendeiner Form, elektronisch oder mechanisch, einschließlich Fotokopien, Aufzeichnungen oder durch Informationsspeicherungen oder Wiederherstellungssysteme reproduziert oder übertragen werden. storage or retrieval system without express written, dated and signed permission from the author

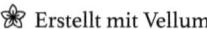 Erstellt mit Vellum

Ich bin in die Berge gegangen, nachdem meine früheren Partner meine Frau ermordet haben.

Hier bin ich sicher und unabhängig—aber alleine.

Dann finde ich Belle: verloren in einem Schneesturm und dem Tode nahe.

Ich rette ihr Leben und nehme sie mit zu mir.

Sie ist einsam, genau wie ich.

Wir verbünden uns, so müssen wir die Feiertage nicht alleine verbringen.

Alles nimmt seinen Lauf, jetzt ist ein Baby unterwegs.

Aber auch meine Expartner.

Dieses Mal werde Ich nicht weglaufen.

Und sie werden mir nicht noch eine Frau nehmen.

Nachdem sie auf einer einsamen Straße in den New Yorker Catskill Mountains von einem Schneesturm überrascht wird, wird Belle von einem attraktiven Mann gerettet, der ein dunkles Geheimnis verbirgt. Carl ist ein ehemaliger Bankräuber, der sich auf seinem Familiensitz versteckt, nachdem seine Freundin von einem seiner Expartner umgebracht wurde. Nachdem er seinen Partner für diesen Mord zur Rechenschaft gezogen hat, versteckt er sich nun in seiner Festung in den Bergen vor der Polizei und vor seinen alten Weggefährten. Als sich Belle ihrer Frauenärztin anvertraut, führt diese die alte Gang ungewollt auf Carls Fährte.

Da sie wissen, dass sie ihn in seiner Festung nicht angreifen können, umzingeln sie das Hotel, in dem Belle wohnt, und drohen damit, es niederzubrennen, wenn er sich ihnen nicht stellt. Das Liebespaar muss im Kampf gegen die alten Partner zusammenhalten und nicht nur sich selbst, sondern auch das gemeinsame Kind beschützen.

KAPITEL 1

BELLE

„Das ist doch ein Scherz." Ich starre auf die weiße Pracht, die mein Auto umgibt. Der ältere, beigefarbene Kleinwagen, der sich problemlos seinen Weg durch die Straßen von Poughkeepsie bahnt, hat gegen die winterlichen Catskills keine Chance. Leider ist mir das zu spät aufgefallen.

Ich habe den Tag voller Energie und Vorfreude mit Packen begonnen und die Schlüssel zu meiner Wohnung an meinen Untermieter übergeben. Seit ich den staatlichen Kunstzuschuss für die Produktion meines Bildbandes über die Wildnis der Catskills im Winter gewonnen habe, bin ich im siebten Himmel. Ich freue mich riesig, endlich ein bezahltes Projekt angehen zu können, bei dem ich nicht nur mein Talent unter Beweis stellen kann, sondern den New Yorker Stadtbewohnern auch zeigen kann, wie wichtig Naturschutz ist.

Für das Projekt muss ich Thanksgiving und Weihnachten sausen lassen. Da ich diese Tage ohnehin alleine verbracht hätte, ist das nicht weiter schlimm. Die Arbeit sorgt dabei wenigstens für Abwechslung, lässt mich etwas mit meiner Zeit anfangen und gibt mir etwas, auf das ich mich trotz meiner Einsamkeit freuen kann.

Kaum zu glauben, dass vor einer halben Stunde Einsamkeit an Weihnachten mein größtes Problem war.

Ich habe Sachen für den Herbst gepackt, für einen Poughkeepsie-Herbst, und ein Paar Wanderstiefel. Und bis vor zwanzig Minuten *war* es Herbst. An den Bäumen strahlte das goldbraune Laub. Vor zwanzig Minuten habe ich noch an die gleichen dummen Dinge gedacht, die mich unvorbereitet hierhergebracht haben.

Und wenn schon, wenn ich im Winter noch nie in den Catskills war? Es ist Mitte November—die Chancen stehen normalerweise gut, dass vor Dezember überhaupt kein Schnee auf dem Boden liegt. Außerdem bin ich eine erfahrene Wanderin—wie schwer kann es schon sein, den gleichen Grund mit Schnee zu durchqueren?

Ich blicke durch das Fenster auf das eng gefasste Tal, das zu den Füßen der Berge entlangkriecht. Der Schnee lässt alles fremd erscheinen, verwischt die Kanten der Felshänge und bedeckt die Bäume mit weißen Klumpen. Es ist nicht idyllisch. Es ist nicht schön. Ich starre es an und fühle, wie sich mir der Magen umdreht.

„Ja, du hast an alles gedacht, Belle. Und doch bist du nun hier: wahrscheinlich eine Stunde entfernt davon, ein Eis am Stiel zu werden. Gut gemacht." Meine Stimme zittert, während der Schnee sich auf der Windschutzscheibe häuft.

Offensichtlich macht das New Yorker Wetter keinerlei Anstalten, sich der Jahreszeit entsprechend zu verhalten. Ich komme schon seit Jahren hierher. Ich hätte mir das denken können. Abgesehen davon komme ich ursprünglich aus Miami. Winter ist mir im Grunde unbekannt. Während meines ersten Winters hier habe ich fast drei Monate meine Wohnung nicht verlassen.

Die Freude über meine große Chance hat über meinen Verstand gesiegt. Was ist nur los? Wie fest hat mich meine Feiertagsdepression im Griff, dass ich in so eine Situation gerate?

Als der Sturm losging, war noch alles in Ordnung. Ich hatte das Auto unter Kontrolle und habe es geschafft, nicht von der Straße abzukommen. Trotz des starken Schneewirbels und bei einer Sicht, die gleich null war. Als es zu schlimm wurde, habe ich angehalten und hier am Berghang Schutz gegen den Wind gesucht.

Und dann ist mein Motor verreckt.

Und wollte nicht wieder starten.

Noch bin ich viel zu wütend, um Angst zu haben. *Belle Evans, aufstrebende Fotografin, wurde tot in ihrem Wagen am Hang des Mount Tremper gefunden. Laut des vorläufigen Berichts der Bergwacht ist die Todesursache Dummheit.*

„Hör auf damit", murmele ich, während der Wind meine Auto hin und her bewegt. „Noch bist du nicht tot."

Ich glaube weiter daran, dass ich Glück haben werde. Irgendjemand wird mit dem Auto oder noch besser einem Truck vorbeikommen und mich abschleppen. Das hier ist eine Bundesstraße, auch wenn sie mitten durchs Nirgendwo führt.

Was, wenn ich mich irre? Menschen sterben wirklich hier. Wenn erst einmal die Batterie leer ist und die Heizung ausfällt ... Und die Batterie entleert sich bei diesen niedrigen Temperaturen sogar noch schneller.

Und die Hupe ist nutzlos. Anders als der Durchschnitts-New Yorker benutze ich meine Hupe nur selten. Daher habe ich mir auch nie die Mühe gemacht, sie zu reparieren, als sie kaputtging. Das bereue ich jetzt, auch wenn es keine Garantie gibt, dass irgendjemand mein Hupen hören würde.

Obwohl die Heizung auf höchster Stufe steht, beginne ich zu zittern. *Ist es das Risiko wert, das Auto zu verlassen und nach Hilfe zu suchen?*

Wahrscheinlich nicht. Auf dem letzten Schild stand, dass es

noch fünf Meilen bis zur nächsten Stadt sind. Bei diesem Wetter kann ich keine fünf Meilen laufen. Auch wenn ich nicht vom Weg abkommen sollte, so würde ich mit Sicherheit unterkühlen.

Ich sitze fest. Ich werde tatsächlich hier oben und ganz alleine sterben! Niemand wird mich rechtzeitig finden!

Ich balle die Fäuste und zwinge sie, nicht zu zittern. *Hör auf, so zu denken!* Wenn ich schon sterbe, dann nicht ohne Kampf. Mir selbst Angst zu machen, kostet mich nur wertvolle Energie.

Ich hole mein Telefon hervor und versuche, Hilfe zu rufen. Kein Empfang, null Balken. *Scheiße! Tja, meine Pechsträhne hält an.*

Schmerz und Frust machen sich in mir breit. Ich kann nicht mal meine Mutter anrufen, um mir Zuspruch und Rat zu holen. Oder um mich zu verabschieden.

Mom. Sie ist unten in Miami, weit davon entfernt, mir helfen zu können und vielleicht wird sie erst in einer Woche erfahren, dass ihre dumme Tochter unter einer Schneewehe erfroren ist. *Sie wollte von Anfang an nicht, dass ich in den Norden ziehe ...*

Das ist der verhängnisvolle Gedanke. Ich beginne zu weinen, in mir macht sich eine tiefe Trauer breit.

Ich heule so stark, dass ich das Gefühl habe, mich übergeben zu müssen. Mein Schädel brummt, meine Augen brennen, und für einen Augenblick steht der Wind still. Ich versuche erneut, den Motor zu starten. Er rattert und klappert und verreckt wieder. Ich schreie und schlage auf das Lenkrad ein.

Der Schmerz holt mich wieder in die Realität zurück. Ich wische mir die Tränen von den Wangen und schließe meine Augen ganz fest. „Hör auf. Hör sofort auf. Du kannst dich nicht retten, indem du hier rumsitzt und heulst."

Was muss ich tun? Denk nach! Der Wind schüttelt das Auto erneut, und ich schreie vor Schreck, reiße mich dann aber wieder zusammen. *Keine Zeit, um Angst zu haben.*

Energie sparen. Ich schalte das Innenlicht und die Scheinwerfer aus und lasse nur die Warnblinker und die Heizung laufen.

Warm einpacken. Ich schnappe mir meinen Seesack von der Rückbank und lege ihn auf den Beifahrersitz. Ich ziehe meine Pullis, meinen Mantel an und setze eine lilafarbene Mütze auf, die ich mir über die Ohren ziehe.

Über die Füße und die Hände ziehe ich noch ein paar Socken. Mit dem jetzt leeren Seesack decke ich mich zu. Ich fühle mich wie ein Wäscheberg mit Gesicht, doch zusammen mit der Heizung ist es jetzt so warm, dass ich anfange zu schwitzen.

Ich schalte die Heizung aus. Die Idee ist mich vor Unterkühlung zu bewahren, nicht meine Kleidung durchzuschwitzen. Außerdem hält so die Batterie länger.

Ich lehne mich zurück in meinem Sitz und sehe zu, wie sich immer mehr Schnee auf meine Windschutzscheibe legt. Immer noch keine Spur von einem anderen Auto. Ich muss aufhören, mich so aufzuregen.

Ganz ruhig. Ganz ruhig bleiben. Es wird jemand kommen.

Der Heizlüfter stottert; die Armaturenbeleuchtung flackert. Die Batterie neigt sich dem Ende. Ich reiße mir die Socken von den Händen und schaue noch einmal auf mein Telefon. Ein einziger Balken – ich kann Hilfe rufen!

Nichts.

Einen Augenblick später ist der Strom komplett weg.

Ich stoße einen hohen, entsetzten Schrei aus und lege mir dann die Hand auf den Mund. *Das hilft nicht.* Ich zittere, Tränen laufen mir die Wangen herunter, doch mein Verstand meldet sich langsam zurück.

Ich schließe meine Augen und gebe mein Bestes, um nicht in Panik zu geraten. Warten ist das Einzige, was ich tun kann. Ich habe keine Leuchtgeschosse und kein Notfunkgerät. Ich könnte rausgehen und schauen, ob ich besseren Empfang bekomme, doch wie schnell würde ich bei dem Versuch auskühlen?

Davon abgesehen würde die ganze Wärme verloren gehen, wenn ich die Tür öffne. Ich sollte besser warten, bis es hier drin kalt geworden ist. Vielleicht hört es bis dahin auch auf zu schneien.

Also warte ich. Und die Temperatur sinkt. Und der Sturm wütet weiter.

Ich kämpfe erneut gegen meine Angst, und mein zittriger Atem ist sichtbar. Tränen rinnen über meine eiskalten Wangen. Ich beiße die Zähne zusammen und ziehe mir die Kragen meiner Pullis und den meines Mantels so weit ins Gesicht, bis nur noch meine Augen zu sehen sind.

Bleib stark, Belle.

Aber es wird immer kälter!

Schließlich zittere ich so stark, dass ich mir sicher bin, dass es im Auto nun genauso kalt ist wie draußen. Trotz der Socken an den Händen sind meine Finger taub.

Das fehlende Gefühl in den Zehen und den Fingern heizt meine Furcht weiter an. Ich bewege die Finger, schlage mir mit den Händen gegen die Oberschenkel und stampfe mit den Füßen auf. Ein Gefühl wie tausend Nadelstiche breitet sich in meinen Händen und Füßen aus. Ich vergrabe meine in Socken verpackte Hände unter meinen Achseln und ziehe die Beine an meinen Körper heran.

„Ich werde nicht aufgeben", krächze ich mit dumpfer, verängstigter Stimme. Während meine Finger vor Schmerzen brennen, steigt die Angst immer stärker in mir auf.

Genau in dem Moment, als ich nicht mehr kann, dröhnt ein Geräusch in meinen Ohren. Es klingt wie das Heulen eines Motors. Ein Geländemotorrad ... oder ein Schneemobil. Es nähert sich!

„Oh, Gott sei Dank." Während die Motorengeräusche immer näher kommen, wird mir klar, dass ich mich in diesem ganzen Stoff verheddert habe, und ich kämpfe damit, fluche und strampele.

„Nicht vorbeifahren!", schreie ich, entwirre meinen Arm und greife nach der Tür.

Wer auch immer auf diesem Schneemobil sitzt, wird langsamer und hält neben dem Auto an. Durch den Schnee dringt das schwache Licht eines Scheinwerfers.

Einen Moment später fällt ein großer Schatten durch das Fenster an meiner Seite, und jemand klopft dagegen.

Schluchzend vor Erleichterung ziehe ich die Socken von meinen Händen und greife nach dem Türgriff.

KAPITEL 2

CARL

„Ich hasse diese verdammten Stürme", brumme ich in meinen Helm, während ich das Schneemobil den Berghang entlangsteuere. Diese Stürme sind ja nicht nur ungemütlich, sie können auch durchaus tödlich sein.

Während ich weiterfahre, fällt mir der Schnee auf den Rücken. An den Stellen, an denen die Schneemassen dichter sind, fahre ich vorsichtiger, um nicht in die Bäume zu rutschen. Mein einziger Begleiter auf dieser Tour ist die Rettungsausrüstung, die ich auf der Rückbank des Schneemobils befestigt habe.

Dieser verdammte Sturm wird Menschen erwischen. Jedes Mal wenn Touristen herkommen, was in etwa zehn Monaten des Jahres der Fall ist, ist der Ärger vorprogrammiert. Sie kennen die Catskills einfach nicht. Sie haben keine Ahnung, wie man den Himmel liest.

Und da diese Touristen sonst sterben würden, kümmere ich mich darum.

Ich leben jetzt seit fünf Jahren hier und versorge mich meist selbst durch jagen, fischen, Fallen stellen, sammeln und züchten. Ich fahre nicht einmal in die Stadt, wenn es nicht sein muss. Heute werde ich es wohl müssen.

Mir war schon vor zwei Stunden klar, dass ein Sturm kommt. Ich konnte es an den metallischen Wolken und den eiskalten Windböen erkennen. Als der Schneesturm losging – und das hier ist ein wirklich heftiger Schneesturm –, hatte ich mein Grundstück mit all den Hühnern und Ziegen bereits gesichert.

Und nun muss ich mich warm einpacken und mich wieder in dieses Mistwetter begeben. Nichts, worauf ich mich freue. Aber wenn ich an meinem warmen Ofen sitzen bleibe, wird man spätesten morgen früh erfrorene Körper entlang des Highways finden.

Ich kann mich noch daran erinnern, als ich das erste Mal einen gefunden habe. Aus diesem Grund gehe ich nun jedes Mal raus, wenn es stürmt. Es war der Sturm im März 2016. Damals strandeten ein paar junge Skifahrerinnen in der Hütte, und es kam zu insgesamt fünfzehn Autounfällen und sechs Toten.

Ich habe die sechste gefunden. Das arme Mädchen war gerade alt genug für den Führerschein. Sie hat vor lauter Panik ihren Wagen verlassen und wollte Hilfe suchen. Dabei lief sie direkt in eine dichte Schneewehe.

Sie trug ein Abendkleid. Zwar hatte sie auch einen Mantel an, aber ihre Beine waren nackt, und ihre Füße steckten in wackeligen High Heels. Ich fand sie zusammengerollt und mit ihrem Gesicht im Kragen ihres Mantels vergraben.

Ihr Name war Anna Crenshaw. Im Gedenken an sie gehe ich seitdem bei jedem Sturm mit Decken und Wärmekissen raus und suche nach möglichen Verletzten.

Jetzt gerade steuere ich das Schneemobil sehr vorsichtig durch das Unwetter. Der Wind peitscht mir gegen die Nase. Ein unangenehmes Gefühl, das mich aber gleichzeitig aufmerksam bleiben lässt. Kälte betäubt die Sinne. Mir darf nichts entgehen. Oder niemand.

Keine Beerdigungen für Menschen mehr, die ich hätte retten können.

Ich fahre neben und auf der Straße. Der Schnee liegt so hoch, dass das Schneemobil nicht einmal aus der Spur kommt. Schließlich führt die Straße an den Klippen entlang, und ich fahre einfach herunter und halte die Augen nach liegengebliebenen Autos, herumlaufenden und zusammengesackten Personen auf.

Innerhalb der ersten halben Stunde finde ich zwei Menschen, die in ihrem Auto festsaßen. Ich helfe ihnen, in die Stadt zu kommen und mache mich wieder auf die Suche. Als ich nach zehn Meilen immer noch kein weiteres verlassenes Auto finde, frage ich mich bereits, ob ich heute vielleicht Glück habe.

Gerade als ich darüber nachdenke, eine Pause einzulegen und einen heißen Kaffee zu trinken, entdecke ich ein liegengebliebenes Auto. Es sieht aus wie ein Kleinwagen: viel zu klein für diese Gegend. Das Auto ist mit Schnee bedeckt, und auf dem Berghang darüber liegt bereits eine bedrohliche Menge Schnee.

Ein fieses, knackendes Geräusch kommt von eben diesem schneebedeckten Hang und eine dichte, weiße Schicht rieselt herunter. Das Auto steht kurz davor, vollständig unter den Schneemassen begraben – und wahrscheinlich zerdrückt – zu werden!

Es könnte noch jemand drin sein!

Ich nehme Tempo auf und halte direkt neben dem Fahrzeug an. Sofort klopfe ich gegen die Scheibe, erhalte zuerst aber keine Antwort. Dann höre ich ein Rascheln und jemanden, der mit dem Türriegel kämpft. Ich höre hohe, verängstigte Laute: im Auto befindet sich entweder eine Frau oder ein Kind.

Von oben rieselt der Schnee in immer größeren Mengen auf

das Auto herunter. Ich schlage erneut gegen das Fenster. „Beeilen Sie sich! Da kommt eine Lawine!"

Die Tür öffnet sich, und mir fällt ein Kleiderbündel mit Armen und Beinen vor die Füße. Begleitet von verzweifelten Lauten versucht das Bündel, aufzustehen.

„Setzen Sie sich hinter mich!", rufe ich und packe die kleine, fremde Person, um ihr auf das Schneemobil zu helfen.

Das Bündel schlingt seine Arme um mich und gibt unverständliche Laute von sich. „Festhalten!", sage ich und bete, dass diese Arme noch genug Kraft dafür haben.

Direkt neben uns fällt ein Schneehaufen in der Größe meines Kopfes herunter, und ein bedrohlicher Schatten legt sich über das Auto. Ich höre ein Knarzen, dann ein lautes Knacken und lasse den Motor aufheulen. Wir rasen davon – gerade rechtzeitig.

Ein paar Sekunden später löst sich der gesamte Schnee vom Hang, stürzt mit gewaltiger Kraft nach unten und vergräbt das Auto unter sich. Die fremde Person schreit und klammert sich noch fester an mich. Dann ist es vorbei, und ich bringe uns weg von diesem furchtbaren Ort.

Am Ende der Straße, direkt unter einem Berghang, fahre ich rechts ran. Das Bündel gibt wimmernde Geräusche von sich. Sanft löse ich den Koala-ähnlichen Griff von mir. „Ist schon gut", sage ich. „Sie werden schon wieder."

Ich steige ab und drehe mich zu der Figur, die etwas instabil auf dem Rücksitz des Schneemobils sitzt. Das Wimmern geht weiter. Vermutlich handelt es sich um eine Frau. Das Geräusch einer völlig verängstigten Frau.

„Hören Sie, es wird alles gut. Ich werde Sie in die Stadt bringen, dort können Sie sich aufwärmen und jemanden anrufen." Ich greife nach der Schulter der Fremden ...

... und einen Moment später fange ich sie auf, als sie bewusstlos nach vorne kippt.

Sie ist klein und leicht. Es macht keine Mühe, sie hochzuheben, und ich kneife sie sanft. „Hey! Nicht, dass sie sich hier von mir verabschieden!"

Sie reagiert nicht. Ich ziehe ihren Kragen herunter und blicke in das hübsche, regungslose Gesicht einer jungen Frau.

„... Scheiße."

KAPITEL 3

BELLE

Als ich aufwache, ist es warm. Ich kann meine Finger und Zehen bewegen, und meine Haut brennt nicht. Mein Herz schlägt, und die Luft um mich herum ist leicht stickig und riecht nach verbranntem Holz.

Ich lebe.

Jemand ist gekommen und hat mich rausgeholt.

Mir steigen Freudentränen in die Augen. Ich schlucke und schniefe und öffne schließlich die Augen, um mich umzusehen. Ich bin weder in einem Hotel noch in einem Krankenhaus. Ich bin an einem kleinen, rustikalen Ort mit schwer verputzten Wänden.

Die Oberfläche unter der dünnen Matratze ist hart, aber es geht eine wohlige Wärme von ihr aus. Ich liege auf einer Art Lehmbank, die mit einem sehr merkwürdig aussehenden Holzofen verbunden ist. Auf der Oberfläche des Ofens stehen eine Art Ölfass und ein dampfender Teekessel.

Ein Stuhl knarrt. „Du bist wach", ertönt eine tiefe, warme Stimme hinter mir. Ich drehe mich um und erkenne den Mann vom Schneemobil.

Die Erinnerung an ihn füllt mein benebeltes Gedächtnis:

sein Klopfen gegen das Fenster, ich, wie ich aus dem Auto falle, wie er mir auf das Schneemobil hilft und dann schnell wegfährt, bevor der halbe Berghang auf meinem Auto gelandet ist.

Auch ohne dicken Schneeanzug und Parka ist er eine riesige Erscheinung. Er ist so beeindruckend, dass ich ihn für einen Moment einfach nur anstarren kann. Abgesehen von seiner Größe ist er schlank und muskulös. Wie ein Mann, der körperlich arbeitet, anstatt Sport zu treiben. Lange Arme, große Hände und breite Schultern.

Blasse grüne Augen sehen mich fürsorglich an, und ich bin wie gefesselt. Trotz seiner Statur hat er ein glattes Gesicht, seine dunkelbraunen Haare und der Bart sind ordentlich geschnitten und getrimmt. Seine Nase ist etwas spitz und an den Augen hat er kleine Krähenfüße. Ich schätze ihn aber nicht älter als fünfunddreißig.

Er trägt Kleidung, wie ich sie bei einem mysteriösen Mann aus den Bergen auch vermuten würde: Arbeitsstiefel, Jeans, mehrere Flanellhemden übereinander, die Ärmel bis zu den Ellenbogen hochgerollt. Ich erinnere mich an sein Selbstvertrauen auf dem Schneemobil ... und an seine Worte.

„Das hier ist kein Hotel", sage ich leise und sehe ihn an. Meine Stimme klingt etwas belegt und heiser.

Er blinzelt, nickt und seufzt. „Nein, du bist kollabiert, und ich dachte, ich bringe dich besser so schnell wie möglich ins Warme. Die Stadt ist fünf Meilen entfernt. Mein Haus nur zwei."

Ich nicke langsam und stütze mich auf meine Ellenbogen. An manchen Körperstellen schmerzt es, doch die Wärme ist entspannend und macht die Schmerzen erträglich. Hauptsächlich bin ich erleichtert ... und neugierig. „Danke, dass Sie mich gerettet haben. Wer sind Sie?"

Er schaut mich einen Moment an, als denke er darüber nach, wie viel er sagen kann. Schließlich antwortet er mir: „Carl. Ich lebe hier oben."

Ich blicke mich um und runzle die Stirn ganz leicht. Der Raum wirkt gemütlich und gut isoliert. Es gibt nur zwei Fenster. Draußen ist es dunkel. Ich muss schon seit Stunden hier sein.

„Belle", antworte ich ganz nebenbei. „Ich wusste gar nicht, dass auf dieser Seite des Berges ein Haus steht."

„Nicht auf", entgegnet er, geht zum Ofen und nimmt den Teekessel herunter. Das Pfeifen hört auf. Er geht hinter den Ofen und verschwindet aus meinem Sichtfeld. „In. Das Haus befindet sich im Berginneren. Die Südseite besteht komplett aus Stein und Holz. Von der Straße aus kann man es nicht sehen." Seine Stimme klingt klar und aufrichtig.

„Oh. Okay. Ich frage nur, weil ich die Genehmigung habe, in dieser Gegend meine Beobachtungen durchzuführen." Ich setze mich auf, lege die etwas kratzige Wolldecke um mich und ziehe die Knie zu mir heran.

Er ist an dem Tisch, der sich am anderen Ende des Ofens befindet und macht zwei Tassen Tee fertig. „Beobachtungen?", fragt er mit hochgezogener Augenbraue. Der angenehme Duft von Jasmintee vermischt sich mit dem Duft des verbrannten Holz.

„Ja, ich bin Naturfotografin. Ein Erdhaus? Das Haus liegt also hauptsächlich im Berginnern? Kein Wunder, dass es so warm ist."

Ich setze meine Füße auf den Boden und sehe, dass meine Kleidung ordentlich gefaltet am Ende dieser merkwürdigen Bank liegen. „Danke, dass du mir das Leben gerettet hast", sage ich schließlich.

Er brummt zustimmend, sagt aber nichts. Stattdessen widmet er sich weiter der Teezubereitung. „Honig?", fragt er nach einiger Zeit.

„Ähm, ja bitte." Normalerweise würde ich einen Jasmintee nicht mit Honig ruinieren, aber jetzt gerade klingt süß wirklich perfekt. „Entschuldige, aber gehört dir das ganze Land?

Mir hat niemand etwas davon gesagt, dass es einen Besitzer gibt."

„Ich lebe ziemlich zurückgezogen und störe mich eigentlich nicht daran, wenn Leute an der Kammlinie entlangwandern oder was auch immer. Ich reagiere nur, wenn Leute auf meinem Land wildern oder mein Vieh stehlen wollen. Ansonsten kümmere ich mich um meinen Kram und lasse die Leute ihr Ding machen." Er reicht mir eine heiße Tasse Tee.

Ich stelle die Tasse neben mir auf die Lehmfläche und nicht auf die Matratze. „Oh. Wenn ich das gewusst hätte, hätte ich dich um Erlaubnis gefragt."

Er schaut mich mit hochgezogenen Augenbrauen an. „Du hast sie, solange du lernst, dir hier oben keinen Ärger einzuhandeln. Dich so einzupacken war ein kluger Gedanke, aber es scheint, als hättest du noch nicht viel Zeit im Norden verbracht."

„Nicht in den Bergen, nicht im Winter. Ich komme aus Poughkeepsie", gebe ich zu und werde rot.

„Und davor?" Er setzt sich wieder an den Tisch, der schräg gegenüber meiner Liege steht. Er macht es sich bequem und nimmt einen Schluck Tee.

„Miami."

Er lacht und schüttelt den Kopf. „Miami. Oh Mann! Kein Wunder, dass du so unvorbereitet warst."

„Sieht so aus." Ich widerstehe dem Drang, mich zu verteidigen. Hätte ich Erfahrung mit Schneestürmen, hätte man mich nicht retten müssen.

„Nun Miss Miami, eins nach dem anderen. Im Moment ist dein Auto zertrümmert, du erholst dich von einer Unterkühlung, und der Sturm wütet immer noch da draußen. Die Frage lautet also ..." Er blickt mich über den Rand seiner Tasse an, und in seinen Augen liegt ein amüsiertes Glitzern. „Was soll ich in der Zwischenzeit mit dir anfangen?"

Sein neckischer Ton sorgt bei mir für ein kribbelndes

Gefühl, und nur meine Schüchternheit hält mich davon ab, zu lächeln.

Vielleicht liegt es daran, dass ich beinahe gestorben wäre, vielleicht liegt es daran, dass er mir das Leben gerettet hat – oder vielleicht daran, dass er ein großer, kompetenter, mutiger und scheinbar sanfter Mann ist, mit einer Stimme, die Schokolade zum Schmelzen bringt. Je mehr ich mich mit Carl unterhalte, desto heißer finde ich ihn.

„Ähm", bringe ich heraus, und die Hitze steigt mir ins Gesicht. Mir liegen eine ganze Menge Vorschläge auf der Zunge, doch keinen davon kann ich laut aussprechen.

Seine Augen funkeln erneut, er lacht amüsiert und nimmt dann einen weiteren Schluck aus seiner Tasse. „Trink deinen Tee. Du musst wieder zu Kräften kommen."

Nickend nehme ich meine Tasse und nippe an dem heißen Getränk. Je mehr sich die Tasse leert, desto mehr steigt meine Aufmerksamkeit. „Lebst du alleine hier oben?"

„Abgesehen von meinen Tieren, ja." Er trinkt seinen Tee aus und geht erneut zum Kessel. „Ich bin so eine Art Selbstversorger ohne großen Bedarf an Gästen."

„Bin ich eine Störung?", frage ich besorgt.

„Du bist ein Sonderfall." Er sieht mich an, während er den Tee aufgießt. „Ich hatte schon seit langer Zeit niemanden mehr hier, aber du wärst sonst da draußen gestorben. Als wir hier oben angekommen sind, warst du ganz schön ausgekühlt."

Ich nicke und nippe weiter an meinem Tee. Ich kann mich noch vage daran erinnern: die Taubheit in den Gliedern und der eisige Schmerz, meine Panik, die kaum nachlassen wollte, selbst als er mich auf seinem Schneemobil den Berg hochgefahren hat und mir versichert hat, dass alles gut wird.

„Wenn du nicht vorbeigekommen wärst ...", flüstere ich.

„Dann wärst du gestorben."

Seine ungeschmückte Aussage lässt mich erschauern. Er

bemerkt es, wendet den Blick ab und rührt seinen Tee um. „Entschuldige."

„Es ist ja die Wahrheit. Ein Grund mehr, warum ich dir dankbar sein sollte." Ich trinke meinen Tee aus, und er füllt meine Tasse wieder auf. Ich schaue ihm dabei zu und bin fasziniert von seinen großen Händen, die so präzise arbeiten.

Ich frage mich, wie sie sich wohl auf meinem Körper anfühlen.

„Es ... ist schwer, sich an diesen Gedanken zu gewöhnen. Ich habe noch nicht viele gefährliche Situationen erlebt."

„Das hat man gemerkt", antwortet er etwas neckisch, und ich entspanne mich wieder. „Jedenfalls ist die Gefahr jetzt vorbei, und du bleibst hier, bis der Sturm nachlässt. Dann bringe ich dich zurück in die Stadt."

„Danke nochmal." Ich schaue ihn an und nehme die Teetasse entgegen. „Du gehst also nie in eine der umliegenden Städte? Poughkeepsie, Kingston?"

Er verzieht das Gesicht, so als hätte sein Tee einen unangenehmen Geschmack. „Nicht, wenn ich es vermeiden kann. Großstädte haben vor Jahren ihre Anziehungskraft auf mich verloren."

„Oh." Ein merkwürdiges Schweigen macht sich breit und versuche, meine Hände irgendwie zu beschäftigen. Vielleicht sollte ich misstrauisch und nervös sein? Ich bin hier ganz alleine auf einem Berg, in dem Haus eines Fremden, der so aussieht, als könne er mich problemlos in der Mitte durchbrechen.

Ich atme den Geruch von Tee, Holz, Leder und Rasierwasser ein und denke an die Dinge, die noch zwischen uns passieren könnten – Dinge, die weniger mit Gewalt, sondern mehr mit Spaß zu tun haben.

„Also ... hast du vor, die Feiertage hier zu verbringen?", fragt er. „Du wirst jemanden brauchen, der dich an die Hand nimmt, wenn du Ende Dezember durch die Wälder laufen willst."

Hier steht ein sehr zurückgezogener Mann, der mir erzählt,

dass er nie Besuch hat, und doch zeigt er Interesse an mir. Er macht mir ein Angebot. Eines, das ich wirklich gebrauchen kann.

„Bietest du mir an, selbst dieser Mann zu sein?", frage ich leise. „Denn jetzt gerade, nach dem, was du getan hast, bist du der Einzige, dem ich dafür genug vertrauen würde."

Er fährt sich mit der Hand durchs Haar, und seine Augen strahlen voller Humor. „Solange es dich davor bewahrt, auf meiner Seite des Bergs verloren zu gehen, ja. Aber erst, nachdem du dich eingerichtet hast."

Ich schaue mich in seinem gemütlichen Zuhause um, während er wie ein Tiger im Käfig hin und her läuft. „Du langweilst dich, oder?"

Er macht eine kurze Pause ... und dann lacht er leise. „Ich schätze schon." Er sieht mich an, und das Glitzern in seinen Augen wandelt sich zu einem Strahlen. „Außerdem bist du süß und definitiv *nicht* langweilig."

Ich schenke ihm ein aufrichtiges Lächeln. „Alles klar. Sobald ich mich eingerichtet habe, nehme ich das Angebot an."

KAPITEL 4

CARL

Was zur Hölle mache ich denn? Der Sturm hat plötzlich aufgehört. Innerhalb von Minuten hat der Wind nachgelassen und der Schneefall ist gänzlich zum Erliegen gekommen. Alles war in eine zentimeterhohe weiße Decke gehüllt. Nachdem die süße Belle etwas Brot und Ziegenkäse gegessen hat, habe ich sie eingepackt und sie zusammen mit ihren Sachen in die Stadt gebracht.

Jetzt befinde ich mich auf einem Kontrollgang nach dem Sturm. Ich stapfe in Schneeschuhen den Berg hoch und runter, prüfe meine Windräder und Brunnen und wische den Schnee von den Sonnenkollektoren. Dem Vieh geht es gut. Darum habe ich mich zuerst gekümmert. Einer meiner Zuckerahornbäume ist umgefallen und hat einen Teil des Zauns um das Ziegengehege zerstört.

Bevor ich die Herde aus ihrem Stall lasse, muss ich sicherstellen, dass sie nicht in die Wälder laufen kann und dort als Bärenfutter endet. Es dauert seine Zeit, bis ich den umgefallen Baum kleingehackt und vom Zaun gerollt habe.

Die ganze Zeit über muss ich dabei an Belle denken. Das lenkt mich von der Kälte, der Mühe und der Monotonie ab. Und zusätzlich erregt es mich.

Nachdem ich das Bündel reingebracht und auf die beheizte Liege gelegt hatte, habe ich angefangen es auszupacken und sobald ich gesehen habe, was sich darunter verbirgt, hätte ich gerne weitergemacht. Glücklicherweise bin ich aber kein Schwein – und so ist es beim Wunschdenken geblieben.

Wie könnte ein Mann bei dem Anblick dieser bezaubernden Elfe nicht auf solche Gedanken kommen? Das seidene, blonde Haar, die milchige Haut und diese kurvige Figur. Sie ist die perfekteste Frau, die ich seit Elaines Tod gesehen habe. Genau mein Typ – haargenau!

Auch wenn sie anscheinend über wenig gesunden Menschenverstand verfügt. Ihr Gesichtsausdruck, als ich ihr gesagt habe, dass dies meine Seite des Berges sei, war zum Schießen. Natürlich hat ihr das Amt nicht gesagt, dass es sich um Privateigentum handelt. Es laufen ständig Menschen hier durch, denen nichts auffällt, abgesehen von den Windrädern und den angrenzenden Ställen. Und ich habe noch nie eine große Sache daraus gemacht.

Aber es steckt noch mehr dahinter. Ich versuche, Dinge für mich zu behalten, inklusive meinen richtigen Namen. Meinen Namen nicht an die große Glocke hängen zu wollen, hat viele Gründe – genauso wie meinen Hintern aus der Öffentlichkeit zu halten.

Sich dem System zu entziehen, hat mich Zeit und Arbeit gekostet, und ich bin mir sicher, dass Everett nicht davon überzeugt ist, dass ich tot bin. Er und Cassidy haben jeden Grund, sicherzugehen, dass ich wirklich ins Gras beiße – genau wie Elaine. Sich nirgendwo blicken zu lassen macht also Sinn.

Ob Belle überrascht wäre, sollte sie erfahren, dass ich aus

Chicago komme und mich seit Jahren erfolgreich als Programmierer ausgebe, um meinen Reichtum zu verheimlichen? Dieses Land hier gehört meiner Familie schon seit einer langen Zeit ... aber ich wollte nie etwas damit zu tun haben, bis ich einfach nirgendwo anders mehr hinkonnte. Es ist der letzte Ort, an dem mich meine früheren Partner suchen würden, und daher das perfekte Versteck.

Die meiste Zeit jedenfalls. Es ist nicht so, als würden mich die Leute in der Stadt nicht kennen. Aber sie wissen nichts, was sie mit meinem früheren Leben in Verbindung bringen könnten, und die wissen nicht genug über mich, um mehr als haltlose Gerüchte zu verbreiten. Und das verschafft mir den nötigen Schutzwall. Ich bin einfach der exzentrische Typ aus den Bergen und nicht der ehemalige Bankräuber, der sich vor seinen Expartnern versteckt.

Ich verbringe nicht viel Zeit mit anderen. Manchmal putze ich mich etwas heraus und gehe in die Skihütte im Ort, um einsame Frauen abzuschleppen. Wir gehen immer in ihr Hotel. Ich nehme sie nie mit nach Hause.

Manche werden schnell anhänglich. Hier draußen scheint man nur selten die Gelegenheit für guten Sex zu bekommen. Es braucht nicht viel, damit eine Frau auf einen abfährt: etwas Kreativität, Ausdauer, Empathie und gute Kenntnisse über den weiblichen Körper.

Ich treffe mich mit einer Frau immer nur ein paar Mal, niemals mit einer Einheimischen und ich nehme eine Frau niemals mit zu mir.

Aber jetzt habe ich ein Problem. Ich habe eine Frau hierhergebracht ... und sie schwirrt mir seitdem im Kopf herum. Ich will sie so sehr, dass ich schon darüber nachdenke, meine eigenen Regeln zu brechen und unsere geschäftliche Abmachung etwas aufzupeppen.

Mit einer Menge Sex.

Sobald der Zaun repariert ist, sehe ich nochmal nach den Tieren, füttere sie und sammle die Eier ein. Belle schwirrt mir durch den Kopf, eine konstante, erfreuliche Ablenkung. Ich mache mir ein Omelette und setze mich zum Essen auf die warme Bank. Ich kann noch immer ihr Parfum riechen.

Sie ist ziemlich naiv ... und sehr jung. Und so nett wie hübsch. Solange ich vorsichtig bin, wird sie keinen Verdacht schöpfen. Ich könnte sie immer noch verführen.

Ich unterbreche meine Mahlzeit für einen Moment und lächle vor mich hin. „Ja, das könnte ich tun." Die Idee gefällt mir.

Das Problem ist nur, dass die Anziehungskraft so stark ist, dass ich mich frage, was danach kommt. Kann ich sie gehen lassen? Was, wenn ich mit ihr zusammen bleiben will? Das könnte für eine ganze Menge Komplikationen sorgen.

Vielleicht wird es Zeit, diese Dame einmal zu überprüfen. Sie wird einige Monate hier sein. Das ist genug Zeit, in der sie etwas über mich herausfinden könnte, was ich lieber für mich behalten will.

Falls ich nichts finde, scheint eine kleine Winteraffäre mit Belle kein großes Risiko darzustellen.

Nach dem Abwasch gehe ich zum Einbaubücherschrank am Ende des Raumes. Der Eingangsbereich meines Erdhauses ist klein und gemütlich. Eine Wohnküche, zwei Schlafzimmer und mein Arbeitsplatz befinden sich entlang des Korridors. Sobald ich aber zwei Bücher aus dem Regal nehme und ihre Positionen vertausche, rutscht das Regal nach hinten in einen abgesicherten Bereich.

Das ist das wahre Herzstück meines Heims, dort sind mein Reichtum und meine Technik versteckt. Fünf weitere Zimmer sind in den Berg eingebaut und mit Beton, Steinen und Stahl verstärkt. Es gibt einen aquaponischen Garten mit Gemüse,

Obst und Fisch, einen Maschinenraum und Batterien, Vorratsräume für Essen und Ausrüstung, einen Computerraum am hinteren Ende und ein Fluchttunnel, der mit dem Stall verbunden ist.

Das Licht geht automatisch an, als ich den kühlen Raum betrete. Anstelle von Fenstern hängen Flachbildschirme an den Wänden, die Bilder meiner Überwachungskameras übertragen, die überall auf meinem Grundstück angebracht sind.

„Bach", sage ich geistesabwesend, und ein Violinen-Konzert ertönt über den Lautsprecher. Ich gehe durch das Zimmer und setze mich an den Schreibtisch, auf dem drei große Bildschirme stehen.

„Alles klar, junge Dame. Lernen wir dich besser kennen."

Als ich ihr angeboten habe, geeignete Stellen für ihre Fotos auf meiner Bergseite zu finden, habe ich wohl mehr mit meinem Schwanz gedacht. Ich könnte hier rumsitzen und mir einreden, dass ich in ihrer Nähe bleibe, um sicherzugehen, dass sie nichts fotografiert, was sie nicht soll. Aber wem mache ich was vor?

Es war eine impulsive Tat und für einen Mann in meiner Situation eine gefährliche und unüberlegte dazu. Und jetzt muss ich wissen, mit wem ich es zu tun habe, bevor es weitergeht.

Ich starte meine Suche nach Belle Cantor und finde ihre Webseite, Facebook und ein paar Einträge zu ihren verkauften Arbeiten. Sie ist eine ziemlich gute Fotografin – sie bildet vorwiegend Tiere ab, was irgendwie liebenswert ist.

Im Alter von vierundzwanzig Jahren bereits vier Bildbände veröffentlicht. Eines über Haustiere, eines über Nutztiere, eines über die Tierwelt in der Stadt und eines über verwilderte Tiere in New York City. Manche dieser Bilder wirken ziemlich düster und sind in den dunklen Seitenstraßen von Hell's Kitchen entstanden, in denen noch keine Gentrifizierung stattgefunden hat. Einige der Straßenzüge kommen mir bekannt vor. Sie erinnern mich in gewisser Weise an zuhause.

Ich schaue mir einen schönen Schnappschuss nach dem anderen an, meine Gedanken schweifen dabei etwas ab und führen mich einige Jahre zurück in meine Kindheit. Ich denke an meine Freunde und mich, wie wir die Nachmittage damit verbracht haben, herumzurennen, miteinander zu raufen und auf den sonnendurchfluteten Straßen zu spielen.

Das waren gute, unbeschwerte Zeiten. Dad hat noch gelebt, sich auf Arbeit abgerackert, während seine Schwester, Tante Grace, nach der Schule auf uns aufgepasst hat. Ich war ein ganz normales Kind, das noch keine Ahnung davon hatte, was für eine Scheiße ihn mit der Zeit noch erwarten würde.

Belles Fotografien fangen Sonnenlicht, Wärme, Frische und Unschuld ein, selbst wenn sie ein ausgehungertes Kätzchen in der Bronx fotografiert. Ich sehe sie mir alle ganz genau an und erinnere mich. Es fühlt sich sehr gut an.

Dann schaue ich mir die persönlichen Informationen über sie an, und ... auf einmal sehe ich etwas, das ganz und gar nicht lustig ist. Vielleicht ist die kleine, süße Belle gar nicht so naiv und behütet, wie ich dachte.

Ich zwinge mich dazu, ihr Online-Tagebuch zu lesen, und stelle dabei fest, dass sie wirklich für alles dasselbe Passwort verwendet. Ich dringe nicht weiter in ihre Privatsphäre ein, als unbedingt nötig, um sicherzugehen, dass von ihr keine Gefahr ausgeht. Aber ich tue das nicht, weil es mir gefällt.

Und genau genommen, ist es ebenso zu ihrer eigenen Sicherheit.

Jede Frau, die sich mit mir einlässt, wird in dem Moment zur Zielscheibe, in dem meine früheren Weggefährten mich finden. Also, auch wenn es etwas schräg ist, überprüfe ich die Bereiche von ihr, die wichtig sind.

Es hat etwas Tragisches. Kein eingetragener Vater. Geboren in Miami und hat bis vor fünf Jahren dort gelebt.

Umzug nach Poughkeepsie, nachdem sie den ersten Job angenommen hat, der ihr angeboten wurde ... kurz nachdem ihre Mutter einen Typen namens Blake Miller geheiratet hat. Wieso kommt er mir bekannt vor? Während ich mir weitere Informationen über sie ansehe, überprüfe ich auch ihn.

Als nächstes die medizinischen Akten. Sie war die meiste Zeit ihres Leben bei bester Gesundheit. Klettern, schwimmen, wandern. Gut, zwischen wandern in Miami und wandern im Norden, liegt ein gewisser Unterschied. Sie weiß, wie man Alligatoren aus dem Weg geht, aber nicht, woran man einen aufkommenden Schneesturm erkennt.

Keine Erwähnung einer Beziehung. Sie hat keinen Ring getragen, und ihr Telefonverlauf zeigt keine regelmäßigen Anrufe von irgendwelchen Männern. Genau genommen gibt es in ihrem Lebenslauf überhaupt keine Anzeichen für einen Mann. Vielleicht verabredet sie sich nicht.

Vielleicht ist sie Männern gegenüber misstrauisch. Und wie es aussieht, nicht ohne Grund. Ihr Stiefvater, Blake Miller, ist ein echter Mistkerl. Sechsmal verhaftet aufgrund von Gewalt gegenüber Frauen.

Da ist eine Fußnote in Belles medizinischer Akte, die mich wütend macht: Krankenhausaufenthalt wegen körperlicher Misshandlung. Und das in derselben Nacht, in der Blake Miller wegen einer Tätlichkeit verhaftet wurde. Er hat sie geschlagen!

Er hat sie angegriffen, und ihre Mutter ist bei ihm geblieben. Belle ist gegangen und so weit wie möglich von Miami weggezogen. Sie hat sechs Monate lang in einem Fotolabor gearbeitet, bevor sie ihre ersten eigenen Bildbände veröffentlicht hat. Und soweit ich das sehe, ist sie seitdem nie wieder nach Hause zurückgekehrt.

Heilige Scheiße. Arme Belle. Und was ist mit ihrer Mutter, die diesen Kerl für wichtiger hält? Das ist verrückt!

Ich stoße mich vom Tisch und vom Computer weg, die Rollen meines Bürostuhls quietschen. „Okay. Genug herumgeschnüffelt. Sie ist verdammt nochmal sauber."

Das Problem ist nur, jetzt bin ich nur noch neugieriger … und faszinierter.

KAPITEL 5

BELLE

„Nein Mom, wirklich. Mir geht es gut. Ich wurde gerettet, bevor das Auto zerstört wurde. Die Versicherung kümmert sich jetzt um alles." Meine Stimme klingt unbesorgt und beruhigend. Meine Mutter sorgt sich um mich ... aber sie sorgt sich immer um die falschen Dinge.

Zum Beispiel um eine Gefahr, die längst vorbei ist, während ich zum Wohle meiner eigenen Sicherheit immer noch nicht nach Hause kann.

„Aber Süße, du hättest umkommen können. Natürlich mache ich mir Sorgen." Sie klingt so freundlich, so besorgt. So wie sie war, bevor sie Blake-geblendet wurde.

„Ja, mir geht es gut. Ich bin im Hotel und alles Wichtige ist hier, abgesehen vom Auto – und meinem Laptop." Das war ein wirklicher Verlust. Ich habe zwar Sicherungskopien, aber der Laptop war neu, und ich kann ihn nicht ersetzen. „Deswegen habe ich um Hilfe gebeten."

„Oh, das mit deinem Laptop ist zu dumm." Ihr Ton verrät mir, dass sie mir nicht dabei helfen wird, ihn zu ersetzen.

Blake hat Moms Finanzen unter Kontrolle. Sie kann keine

größeren Ausgaben ohne seine Zustimmung tätigen, obwohl beide ziemlich wohlhabend sind. Und er hasst mich.

„Ich komme schon klar", sage ich, obwohl ich weiß, dass der Kauf eines Laptops – auch eines gebrauchten – meine finanzielle Situation ganz schön belasten wird.

„Ich bin sicher, dass du das wirst. Ich wünschte wirklich, du würdest nach dieser Sache zurück nach Miami kommen. New York ist so gefährlich, und das hat es nochmal deutlich gemacht."

Ich beiße die Zähne so fest zusammen, dass mir beinahe der Kiefer schmerzt, zwinge mich aber zu einem Lächeln, das man hoffentlich auch in meiner Stimme hört. „Miami ist für mich auch ziemlich gefährlich."

Für einen Augenblick schweigt sie. Ich kann beinahe hören, wie die Rädchen in ihrem Kopf versuchen, eine rationale Erklärung für das zu finden, worauf ich anspiele. „Es ist nicht so schlimm", erklärt sie schließlich etwas unmotiviert.

„Für mich war es das schon."

Ich sage das nicht wütend oder traurig oder mit Nachdruck. Ich benenne einfach eine Tatsache.

Weiteres Schweigen. Schließlich fragt sie mit gestellter Fröhlichkeit: „Würdest du dieses Jahr denn wenigstens an Silvester kommen, wenn du bis Ende Dezember fertig bist?"

Ich schließe meine Augen, und mein Kiefer beginnt zu pochen. „Dein Ehemann hat mich aus eurem Haus verbannt, erinnerst du dich? Gleich bevor er mir die Nase gebrochen hat."

Sie kichert nervös. Das tut sie immer und verhält sich, als hätte man ihr etwas Peinliches erzählt, anstatt die Tatsache aufgeführt, dass ihr Mann mich ins Krankenhaus gebracht hat. „Du weißt, dass er das nicht so gemeint hat."

„Mom."

Sie seufzt. „Ich weiß nicht, warum du dich deswegen so anstellst."

„Du hast ihn mir vorgezogen, weißt du noch?" Keine Ahnung, wie ich es schaffe, so ruhig zu klingen.

„Ich habe euch beide gewählt", antwortet sie seufzend. Doch das ist eine Lüge und langsam bekomme ich Kopfschmerzen. „Es ist nicht meine Schuld, dass ihr euch nicht versteht."

„Nein, es ist seine. Er hasst Frauen, besonders junge Frauen, die ihn nicht wollen, und er ist gewalttätig."

Sie antwortet nicht darauf. Zumindest versteht sie, dass dieser Teil wahr ist. Anders kann ich nicht mit ihr reden.

„Du fehlst mir, Belle", gibt sie schließlich zu.

„Du fehlst mir auch, Mom. Aber nicht genug, um meine Sicherheit zu riskieren. Tut mir leid."

Sie legt auf, und ich lehne mich auf meinem Stuhl zurück und schließe die Augen. Dieses Gespräch haben wir schon dutzende Male geführt, seit ich von zuhause weg bin. Sie will, dass ich zurückkomme – aber nicht, wenn sie dafür ihren Mann verlassen muss.

Ein Teil von mir versucht immer noch, sie zu verstehen. Sie ist es nicht gewohnt, dass Männer ihr Aufmerksamkeit schenken. Sogar mein leiblicher Vater hat weder seinen Namen noch seine Telefonnummer offenbart.

Als sie mich blutend am Boden sah, hätte es das eigentlich sein müssen. Sie hätte ihn der Polizei überlassen sollen. Stattdessen hat sie seine Kaution bezahlt.

Das war es dann für mich. Nun lebe ich in einem anderen Staat. Die Stimme meiner Mutter am Telefon, eine Karte oder ein kleines Schmuckstück in der Post, ein Anklopfen bei Facebook.

Ich habe Weihnachtsfeste alleine verbracht, und das ist einsam und deprimierend. Aber auch, wenn mich das einige Wochen im Jahr traurig macht, so ist es doch besser, als die Gesellschaft von jemandem, vor dem ich mich fürchte.

Ich reibe mir über die Augen, stehe auf und lasse das

Telefon hinter mir. Das Hotelzimmer ist klein und gemütlich. Die brummende Heizung arbeitet konstant daran, mich warmzuhalten, brummt vor sich hin und hält mich warm. Draußen bilden ruhende, dürre Ahornbäume einen Kontrast zum weißen Berghang.

Carl.

Der Gedanke an diesen beeindruckenden Mann, der mein Leben gerettet hat. Dieser Mann, in dessen Augen eine kühle Leidenschaft liegt, hat mich von meiner Frustration und Einsamkeit abgelenkt. Ein Mann wie er ist mir noch nie begegnet – nicht nur, weil er mich gerettet anstatt verletzt oder verlassen hat.

Bevor Mom anrief, dachte ich an ihn. Sein Aussehen, sein warmer, holziger Duft, seine Stärke. Die Erinnerung daran, von ihm aus der Kälte auf die warme Bank getragen worden zu sein. Er hat mich so sanft gehalten, als wäre ich aus Seifenblasen gemacht.

Mir war nicht klar, wie sehr ich trotz der verrückten Umstände die Zeit mit ihm genossen habe. Bis ich auf der Veranda des Hotels stand und ihm nachgeschaut habe, als er wegfuhr. Die Enttäuschung hat mir gesagt, ich hätte ihn auf mein Zimmer einladen sollen. Den Mut hätte ich nie aufgebracht – ich habe noch nie jemanden dazu eingeladen, die Nacht bei mir zu verbringen – doch bei ihm war die Versuchung groß.

Dann bin ich auf mein Zimmer gegangen, habe mich ins Bett geworfen und geschlafen, bis mich der Hunger um neun Uhr geweckt hat.

Ich vermisse ihn. Das klingt lächerlich. Ich kenne den Typen ja noch nicht einmal, und doch kann ich mich nicht daran erinnern, wann ich mich das letzte Mal mit jemandem so schnell so verbunden gefühlt habe.

Während draußen der Sturm gewütet hat, haben wir uns

stundenlang unterhalten. Er schien mehr von mir wissen, und weniger von sich selbst preisgeben zu wollen. Er sei nur ein langweiliger Typ, der seinen Job gekündigt und sich auf das Familiengrundstück zurückgezogen hat, hat er behauptet. Wer weiß, was davon wahr ist. Die Bezeichnung ‚langweilig' aber sicher nicht.

Ihn umgibt etwas Geheimnisvolles, das mich anzieht. Er ist klüger und interessanter, als so manch Einheimischer, der mir hier während der letzten Sommer begegnet ist. Er spricht auch einen anderen Dialekt. Offensichtlich lebt er noch nicht so lange in dieser Gegend.

Außerdem liebt er Tee, was für die Einheimischen eher untypisch ist. Hier haben die Leute Kaffee in den Adern. Das ist bei mir ähnlich, aber gegen einen guten Tee hin und wieder habe ich nichts.

Ich wünschte, ich wüsste mehr über ihn. Aber ich will ihn auch nicht verärgern, indem ich seine Privatsphäre missachte. Stattdessen habe ich mich darum bemüht, das Projekt, bei dem er mir helfen wird, interessant klingen zu lassen – und mich selbst dabei gleich mit.

Nach dem Sturm haben wir noch fünf weitere Personen gefunden, die liegen geblieben sind. Keiner von ihnen war verletzt, also brauchten sie jetzt ein Zimmer. Glücklicherweise hatte ich meine Unterkunft im Voraus gebucht, so musste ich keine Last-Minute-Preise zahlen.

Carl hat sich noch davon überzeugt, dass ich gut ankomme, bevor er wieder losfuhr. Er schien seine Abfahrt hinauszuzögern, als ob er darauf gehofft hat, dass ich ihn aufs Zimmer bitte.

Warum habe ich es nicht getan? Vielleicht fehlt mir einfach der Mut oder die Worte – oder die Erfahrung? Ein unglaublich scharfer Typ, der mich gerettet hat, ist es doch wert, mit aufs Zimmer genommen zu werden. Carl wäre mein Erster überhaupt gewesen.

Alle meine Freunde sagen, dass ich Vertrauensprobleme habe und mich deswegen nicht verabrede. Vielleicht stimmt das zum Teil, aber es gibt noch einen anderen Grund – einen, der so peinlich ist, dass ich lieber jeden in dem Glauben lasse, dass ich etwas verkorkst bin, weil mein Vater mich verlassen hat und der neue Mann meiner Mutter gewalttätig ist.

Die Wahrheit ist, dass ich keine Ahnung habe, was ich mit einem Mann machen soll. Ich weiß noch nicht einmal, wie man vernünftig küsst. Meine Lippen wurden nach Verabredungen zwar schon von schlabbrigen, übermotivierten Mündern attackiert, doch das ist ja nicht dasselbe.

Manche Typen scheinen auf Jungfrauen zu stehen. Meine J-Karte ist kein Pluspunkt. Sie ist eine Peinlichkeit. Ich bin so schon unsicher genug, ich brauche nicht auch noch die ständige Erinnerung daran, dass ich keine Ahnung habe, was ich im Bett tun soll.

Und doch will ich Carl und bereue es, dass wir uns gestern Abend so schnell voneinander verabschiedet haben.

Ich schaue aus dem Fenster, vorbei an den Bäumen und auf das kleine Dörfchen am Mount Templer, das vom Schnee bedeckt ist. Wenigstens ist der Strom nicht ausgefallen.

Einige Restaurants und Cafés sollten geöffnet haben. An diesem Ort gibt es praktisch nichts außer Touristenangebote. Es gibt auch ein Resort mit einem gehobenen Restaurant. Wie verabredet man sich mit einem Mann zum Kaffee trinken? Beim Anblick der Leere da draußen gepaart mit dem Gefühl meiner inneren Leere entscheide ich mich, es einfach zu tun.

Er nimmt den Anruf gleich nach dem ersten Klingeln entgegen. „Hey. Hast du Lust, auszugehen?"

„Oh, die Fotos? Nein." Ich muss all meinen Mut aufbringen, um den Rest auszusprechen: „Ich wollte dich nur wiedersehen."

Das lange Schweigen am anderen Ende der Leitung zerrt an

meinen Nerven. Dann bringt mich seine Stimme zurück in die Realität. „Oh. Sicher. Wohin?"

„In der Hotellobby gibt es einen Coffeeshop." Meine Knie werden ganz weich. Was mache ich hier? Ich weiß es ganz genau.

Ich lenke mich vom Schmerz ab, von der Einsamkeit, die mich von Halloween bis Neujahr überkommt, von der Stimme meiner Mutter, die unbeteiligt klingt, wenn sie mich eigentlich um Verzeihung bitten müsste, von der erneuten Aussicht auf ein einsames Weihnachten, weil meine Familie eine Gefahr geworden ist.

Carl geht mit nicht aus dem Kopf ... warum soll ich mich nicht auch einmal auf etwas einlassen, das sich gut anfühlt?

„Ich bin in einer halben Stunde da", antwortet er ruhig und kontrolliert. Dann legt er auf und in meinem Bauch fliegen zahlreiche Schmetterlinge herum. Ich denke nicht länger an meine Mutter.

KAPITEL 6

CARL

Belle nimmt all ihren Mut zusammen, um mich nach oben zu bitten. Ihr Ausdruck in den Augen, als sie mich über den Rand ihrer Tasse anschaut, ist ein Mix aus scheuer, aber starker Leidenschaft.

Der Anblick ihres inneren Kampfes um die richtigen Worte, löst bei mir an den richtigen Stellen eine wohlige Wärme aus: ein Kitzeln, süß und langsam, dass sich in mir ausbreitet und dafür sorgt, dass ich meine Position unter dem Tisch richten muss. Aber ich weiß es besser und werde sie nicht unter Druck setzen. Allein die Gewissheit, dass sie drauf und dran ist, mich zu fragen, genügt mir.

Es gibt da noch etwas, das ich ansprechen sollte. „Möchtest du mir erzählen, was los ist?"

„Huh?" Sie wirkt etwas erschrocken. Ich unterdrücke ein Lächeln und schaue sie an. Sie ist wie ein offenes Buch: zu offen, vielleicht. Wann immer sie ihren Blick von mir abwendet, erfasst sie etwas Quälendes und ihre strahlenden, sanften Augen werden von Traurigkeit getrübt.

„Ernsthaft, geht es dir gut? Du warst bewusstlos." Die Vermutung, dass sie das Ganze ziemlich mitgenommen hat, ist nicht sehr weit hergeholt. Erwachsene Männer fangen an zu weinen, wenn ihnen klar geworden ist, wie knapp sie dem Kältetod entkommen sind.

„Es hat etwas damit zu tun. Aber dank dir fürchte ich mich nicht so sehr. Es ist nur ..." Kurz nachdem sie begonnen hat zu reden, zwingt sie sich zu lächeln, doch ihr Blick bleibt traurig. „Ich verbringe die Feiertage nicht nur wegen eines Fotoprojekts alleine hier, es gibt auch keine liebende Familie, die zuhause auf mich wartet."

Nickend verarbeite ich diese Informationen, während sie darüber nachdenkt, noch mehr preiszugeben. „Das hätte ich mir denken können. Nicht viele Leute kommen während der Feiertage in die Catskills, abgesehen von den Skiurlaubern. Und die sind meist nicht alleine."

Das ist einer der Gründe, aus denen ich hier bin: diese ganzen Berghügel und abgelegenen Straßen waren nichts für meine Expartner. Sie haben keine Ahnung, wie sie sich in der Wildnis verhalten sollen, egal zu welcher Jahreszeit. Und auch wenn ich hier oben relativ sicher bin, so bin ich doch einsam.

„Nun ja, jedes Mal, wenn ich zuhause in Miami anrufe, werde ich daran erinnert, warum ich überhaupt gegangen bin." Die Traurigkeit in ihren Augen verstärkt sich. „Du bist ... anders als sie."

Ich verstehe das als Kompliment und ziehe überrascht meine Augenbrauen hoch. „Du kennst mich doch gar nicht, Süße."

„Ich weiß, dass du nicht da draußen auf einem Schneemobil und mit Rettungsausrüstung unterwegs gewesen bist, um dir ein Bier zu holen", merkt sie an. Und nach einem Moment lächle ich und nicke zustimmend. „Du hast ein gutes Herz, Carl, und du bist mutig."

„Freut mich, wenn jemand so denkt", grummle ich vor mich

hin. Ich habe mich selbst schon oft als Feigling betitelt, weil ich mich vor meinen miesen Partnern verstecke.

Die Sache ist, dass ich nie aus Angst weggelaufen bin. Sondern nur deswegen, weil ich genau weiß, dass ich sie umbringen würde, sollte ich sie jemals wiedersehen. Und ich habe keine Lust ins Gefängnis zu gehen, weil ich mich vor Cassidy oder seinem psychopathischen Cousin verteidige.

Zwei ihrer Finger berühren meinen Handrücken. Ihre Wärme dringt in mich ein und feuert meine Erregung an. „Das tue ich", antwortet sie und die Sanftheit in ihrer Stimme verschlägt mir beinahe den Atem.

Gib dir keine Mühe. Ich mache nur Ärger, möchte ich sie am liebsten vorwarnen. *Gute Frauen werden getötet, nur weil sie in meiner Nähe sind.*

„Warum hast du mich wirklich gerufen?", frage ich.

Sie wird rot, presst die Lippen zusammen und senkt ihren Blick. „Ich kann nicht aufhören, an dich zu denken", beginnt sie.

Ich versuche meine wachsende Erregung zu ignorieren, doch das gelingt mir nicht besonders gut. Der logische Schritt wäre aufzustehen und den Raum zu verlassen, um sie nicht noch weiter zu ermutigen. Hier geht es offenbar um mehr als nur reine sexuelle Anziehung. Sie hat sich in mich verknallt, aber das kann nur schmerzlich enden.

Nervös fährt sie fort. „Und ... da mir das nicht gelingt, würde ich es lieber zulassen und lieber meine schlechten Gedanken loswerden."

Vorsichtig nicke ich und schaue sie verwirrt an. „Und dann?"

„Dann ... ich ..." Sie schluckt und ihr Gesichtsausdruck bekommt etwas Panisches. Ich nehme ihre Hand in meine. Sie erstarrt – dann entspannt sie sich wieder.

„Sag es mir einfach", ermutige ich sie.

„Ich ... will, dass du zu mir aufs Zimmer kommst." Sie wird dermaßen rot, dass es schon beinahe albern wirkt.

Ich versuche, nicht zu lachen. Stattdessen sehe ich ihr in die Augen und antworte ihr vollkommen ehrlich: „Wenn du das willst, dann hoffe ich, dass du für heute Abend keine weiteren Pläne mehr hast."

Sie schaut mich mit großen Augen an ... doch ihr Blick bekommt auch etwas Leuchtendes. „Warum?"

„Weil wir nicht vor morgen früh fertig sein werden."

„...Oh", haucht sie, und ihre Pupillen weiten sich. Sie richtet ihren Blick auf den Blaubeerpfannkuchen, der auf ihrem Teller liegt, und nimmt einen hastigen Biss. Während sie kaut, schaut sie mich an und wirkt, als fehlten ihr vollständig die Worte.

Ich muss lachen. „Du bist so süß. Du hast doch keine Angst, oder?"

Sie blinzelt einige Male, bevor sie antwortet. „Nein, ich habe nur ... noch nie einen Mann auf mein Zimmer gebeten."

Ich schaue wortlos zu, wie sie errötet und mich mit weiten Augen ansieht. Verwundert ziehe ich eine Augenbraue hoch, als sich meine Gedanken plötzlich im Kreis drehen.

Eine Jungfrau?

„Ähm ..." Ihre rote Gesichtsfarbe wird immer dunkler, und ihr Blick wandert überall hin, nur nicht zu mir. Es ist hinreißend ... aber ich bin immer noch geschockt.

„Bist du dir sicher?" Ich versuche weiterhin, meine Erregung zu ignorieren. Eine Jungfrau ... und sie wählt mich? „Das passiert nicht nur, weil ich dich da rausgeholt habe, oder? Denn du bist mir deswegen überhaupt nichts schuldig."

„Nein", antwortet sie schnell. „Nein, ich ..."

Und plötzlich beginnt sie zu weinen. Kein manipulatives oder unkontrolliertes Heulen. Nur zwei Tränen, die sie schnell abwischt. „Du kannst diesen ganzen Scheiß wettmachen, der mich beschäftigt."

Ich starre sie an und denke über ihre Worte nach. „Pass auf", sage ich schließlich. „Ich bin dabei, wenn du es willst, aber nicht, dass es dir hinterher leidtut."

„Ich ..." Ihre Mundwinkel bewegen sich auf und ab und ihre Finger wackeln wieder nervös hin und her. „Würde ich glauben, dass ich es bereuen könnte, hätte ich nie den Mut aufgebracht, dich zu fragen."

Ihre Aussage bringt mich zum Lächeln. „Also dann!"

KAPITEL 7

BELLE

Ich erinnere mich nicht daran, wie wir nach oben gekommen sind.

Ich erinnere mich daran, dass Carl realisiert hat, was ich damit meine, als ich gesagt habe, dass ich so etwas noch nie zuvor getan habe. Er hat sichergestellt, dass ich mich nicht zu etwas zwinge, nur weil ich durcheinander bin. Seine Fürsorge hat ihn nur noch liebenswerter gemacht, und ich habe weiter darauf bestanden ... und dieses Lächeln, das er mir geschenkt hat, so voller Lust.

Der Weg zurück in mein Zimmer liegt jedoch etwas im Nebel. Ich erinnere mich noch an seine Nähe, an den Geruch von geräuchertem Holz, der an ihm hing, an seine Körperwärme, als sein Atem meinen Nacken traf. Ich fühlte mich schamlos und etwas ängstlich.

Meine Mutter wäre hiermit niemals einverstanden gewesen. Sie wäre schockiert, würde verlangen, dass ich noch einmal darüber nachdenke. Und das ist im Moment ein echter Bonus.

Mein Verstand verliert den Fokus und befindet sich auf einem glücklichen, nervösen Hoch, bis zu dem Moment, in dem er mich gegen die Tür meines Zimmers drückt und küsst. Er schmeckt nach Kaffee und Zimt und für einen kurzen Moment, streift seine heiße Zunge über meine. Was soll ich nur mit meinen Händen machen? Sie gleiten über seine Schultern und klammern sich an sein Flanellhemd, während sein Bein sich zwischen meine schiebt.

Ich kann nichts sehen. Als sein Atem gegen meine Wange bläst, verschwimmt alles zu einer einzigen Masse. Langsam entspanne ich mich in seiner Umarmung und spüre, wie mir die Knie weich werden.

Er nimmt den Schlüssel aus meiner Hand und schiebt ihn ins Schloss, um die Türe zu öffnen. Sein starker Griff verhindert, dass ich rückwärts durch die offene Türe stolpere.

„Befreien wir dich aus diesen Klamotten", haucht er mir ins Ohr. In seiner Stimme liegen Lust und Verlangen. Er handelt so kontrolliert. Am liebsten würde ich es ihm einfach gleichtun.

Mit einem leichten Tritt schließt er die Türe und lässt seine Jacke auf den Boden fallen. Dann nimmt er mein Gesicht in seine Hände und fährt mir anschließend mit den Händen durchs Haar. Ich stehe ganz still und fühle mich gleichzeitig ganz berauscht von seinen Handlungen und meinem eigenen Verlangen.

In der Mitte des Zimmers steht ein Doppelbett auf dem eine gemütliche Tagesdecke liegt. Wir beide ziehen unsere Schuhe aus ohne unseren Kuss dabei zu unterbrechen. Dann vergräbt er sein Gesicht in meinem Nacken.

Küssend und streichelnd schiebt er mich langsam rückwärts Richtung Bett. Auf dem Weg zieht er mir die Jacke aus und knöpft mir die Bluse auf. Schließlich berühre ich mit den Kniekehlen die Bettkante.

Er drückt mich sanft gegen das Bett, und ich falle rücklings auf die Matratze. Er beugt sich über mich und mit einem gekonnten Griff streift er sich seine drei Hemden mit einem Mal vom Körper. Die Hemden landen auf dem Boden, und vor mir erscheint eine glatte, tätowierte Haut. dann wirft er sich auf mich und attackiert meine Lippen mit seinen.

Die Leere in mir verschwindet. Der gedankenlose Verrat meiner Mutter verschwindet, die Traurigkeit einsamer Feiertage ist verschwunden. Ich bin jetzt nicht mehr alleine, ich liege nicht in einem kalten Bett, während mein Körper sich danach sehnt, berührt zu werden.

Ungeduldig ziehe ich meine Bluse aus und werfe sie zusammen mit meinem Unterhemd auf den Boden. Ich trage einen unspektakulären weißen BH, der so alt ist, dass es mir fast schon peinlich ist. Doch Carl schaut mich mit gierigen Augen an, dann presst er sein Gesicht zwischen meine Brüste. Seine Zähne streifen über das Material, und er gibt ein leises Brummen von sich. Er knabbert durch das kleine Kleidungsstück an meinen Brustwarzen und entlockt mir so das erste Stöhnen. Er lächelt verschmitzt und wiederholt seine Handlung.

Er liebkost, knabbert, streichelt und heizt mein Verlangen noch weiter an. Schließlich wir es mir zu viel, und ich greife hinter meinen Rücken, löse den Verschluss und ziehe den BH aus.

Er brummt vor Erregung und wartet nicht lange – bevor ich weiß, was los ist, umschließt er meine Brustwarze mit seinen Lippen.

„Aah!" Mich durchfährt eine Welle der Erregung. So etwas habe ich noch nie gefühlt. Ich vergrabe meine Hände in seinen Haaren und bin mir nicht sicher, ob ich ihn damit anspornen oder zurückhalten möchte.

Sein Mund spielt weiter mit meinem Nippel, dann löst er sich davon und umschließt ihn wieder. Seine Lippen folgen dem Rhythmus seiner Hand, die meinen anderen Busen massiert. Ich winde mich unter seinen Liebkosungen und presse meinen Kopf ins Kissen.

Dann fährt er mit seiner Hand über meinen Bauch und löst schließlich meinen Gürtel. Impulsiv bewege ich meine Hüften auf und ab. Ich kann nicht anders. Jedes bisschen Selbstbeherrschung, das ich habe, schwindet unter seinen Streicheleinheiten dahin. Mein Reißverschluss öffnet sich, und er streift den Jeansstoff über meine Hüften und Oberschenkel.

„Was machst du?", frage ich atemlos, als er seine Hand in mein Höschen schiebt.

Er lächelt mich mit einem Funkeln in den Augen an. „Ich bereite dich vor. Du musst schön feucht sein, wenn ich dich nehme."

Seine Fingerspitzen gleiten zwischen meine Schamlippen und beginnen, das empfindliche Fleisch zu streicheln. Meine Klitoris sehnt sich danach, berührt zu werden, und er erfüllt ihr diese Sehnsucht.

Ich stöhne laut auf und drücke meine Hacken tief in die Matratze. Die Zimmerdecke verschwimmt vor meinen Augen. Nach diesem Gefühl habe ich mich gesehnt. Es fühlt sich so gut an. Ich winde mich hin und her und gebe sinnlose Laute von mir.

Während mein Verlangen und mein Vergnügen weiter steigen, vergraben sich meine Fingernägel immer tiefer in seinem muskulösen Rücken. Er spreizt meine Beine mit seinen, sein schwerer Atem erregt mich nur noch mehr. Während er die Streicheleinheiten an und um meine Klitoris fortsetzt, spannen sich meine Muskeln immer stärker an, und meine Atmung beginnt zu flattern.

Im nächsten Moment, als ich schon denke, dass ich es nicht mehr aushalte, schließen sich seine Lippen wieder um meine Brustwarze und saugen im Einklang zu seinen Streicheleinheiten. Mein Stöhnen wird immer lauter und wandelt sich zu Schreien, jedes Schreien ein Ausdruck von Vergnügen und verzweifeltem Verlangen.

Schließlich gibt mein Körper nach, und mich durchfährt ein wahres Freudenfeuer, das jeden Winkel meines Daseins zu erreichen scheint.

Ich gebe einen langen, erfreulichen Schrei von mir. Meine Hüften pressen gegen seine Hand und wellenartig verspannt und entspannt sich meine Muschi. Ich schwebe auf einer Wolke aus entspannter Befriedigung.

Ich kollabiere auf der Matratze, strecke meine Glieder aus und schnappe nach Luft. Er stoppt seine Streicheleinheiten, hebt den Kopf und schaut mich mit feurigen Augen an. „Jetzt bin ich dran", haucht er sanft.

Bevor er seinen Gürtel löst, greift er in seine Hosentasche und zieht ein Kondom heraus. Er legt es zur Seite, und ich beobachte ihn aufmerksam. Hat er immer welche dabei? Oder hat er sich nach meinem Anruf Hoffnungen gemacht? So oder so ist es gut, dass er eines dabeihat.

Sein Schwanz drückt bereits so fest gegen die Jeans, dass sich der Reißverschluss nicht ohne Schwierigkeiten öffnen lässt. *Das habe ich gemacht ...*

Nachdem der Reißverschluss geöffnet ist, zieht er die Jeans aus und was ich da erblicke, beeindruckt mich. Sein Schwanz ist beeindruckend – beinahe so dick wie mein Handgelenk und gekrönt mit einer glatten, kegelförmigen Spitze. *Also das meinte er mit 'mich vorbereiten müssen' ...*

Schaffe ich das? Ja. Kein Rückzieher!

Er reißt die Verpackung auf und holt das Kondom heraus. Sein Schwanz steht aufrecht. Er zieht das Kondom aus der Packung und streift es sich über. Mein Herz schlägt immer schneller, und zwischen meinen Beinen werde ich immer feuchter.

Seine Schwanzspitze dringt in mich ein. Ich stöhne auf und schaue ihn an: die Augen weit aufgerissen und die Lippen leicht geöffnet ... er stöhnt ebenfalls und dringt noch tiefer in mich ein. Langsam und schwer atmend bahnt er sich seinen Weg in mein Innerstes.

„Uhh ... Baby, du fühlst dich so gut an", haucht er. Dann zieht er sich ein Stück zurück und dringt wieder in mich ein.

Seine Stöße haben nichts Ungeduldiges, und die Empfindungen ergreifen mich wellenartig und füttern mein Verlangen. Ich hebe meine Hüften an, schlinge meine Beine um seine Schenkel und halte an ihm fest, während er sich in mir vor und zurück bewegt. Die Reibung löst ein Kribbeln in mir aus. Er küsst mich und ich stöhne.

Gleichmäßig erhöht er das Tempo. Er legt seine Hände auf meinen Hintern und massiert ihn, während sein Schwanz immer wieder in mich hineinfährt. Mit jeder weiteren Bewegung seiner Hüften wird er zittriger. Das Bett knarrt unter unseren Bewegungen. Er atmet schwer und stößt härter zu.

Er drückt mich in die Matratze, seine Atmung wird immer schwerer und flatternder. Sein muskulöser Bauch klatscht mit lauten Geräuschen gegen meinen. Meine Muschi spannt sich an und umklammert ihn, dann stöhne ich laut auf und presse mich gegen ihn.

Sein ganzer Körper spannt sich an. Er bäumt sich über mir auf, dringt noch einmal tief in mich ein und verbleibt dort. Sein Schwanz erzittert in mir. Mit rauer Stimme stöhnt er vor Ekstase. Langsam beruhigen sich seine zitternden Bewegungen, und schließlich sinkt er zufrieden über mir zusammen.

Wir liegen und versuchen, unsere Atmung unter Kontrolle zu bekommen, sein Gewicht drückt mich in die Matratze. Es stört mich nicht. Morgen werde ich wund sein ... aber im Moment ist mir auch das egal.

Schließlich schaut er mich schläfrig an. „Geht es dir gut?", murmelt er.

„Ja." Lächelnd schlinge ich meine Arme um ihn. *Geh nicht.*

„Gut. Es ist etwas heftig geworden ... es hat sich so gut ange-

fühlt, dass ich etwas die Kontrolle verloren habe. Tut mir leid."
Er lächelt mich etwas merkwürdig, aber liebenswert an.

„Muss es nicht", flüstere ich und sehe ihn direkt an. „Es hat mir gefallen."

Er schaut mich etwas überrascht an, und ein schiefes Lächeln legt sich auf seine Lippen. „Oh. Du magst es also etwas heftiger, was?"

Ich könnte nicht noch stärker erröten. „Ich ... schätze schon."

Er lacht. „Das muss ich mir merken."

Er steigt von mir herunter und für einen Moment befürchte ich, dass er sich anzieht und geht. Dann streift er das Kondom ab und geht ins Badezimmer. Dieser Anblick sorgt für ein erneutes Kribbeln in meinem Bauch.

„Später", murmle ich vor mich hin und drehe mich zur Seite. So schläfrig wie ich bin, ist das richtig anstrengend.

Das Letzte, an das ich mich erinnere, bevor ich einschlafe, sind seine Bewegungen, als er es sich neben mir auf der Matratze gemütlich macht.

KAPITEL 8

CARL

„Es ist mir egal, dass sie nichts damit zu tun hat. Wir müssen das mit ihr regeln. Wir können nicht untertauchen, solange wir sie im Schlepptau haben." Dale richtet eine Waffe auf meine Frau Elaine, die sich gegen die Wand ihres Hotelzimmers kauert.

„Carl, was ist los? Hat Dale den Verstand verloren?" Elaines Stimme zittert vor Angst. In diesem Moment weiß ich noch nicht, dass dies ihre letzten Worte an mich sein werden.

„Ja, wenn er glaubt, er kommt damit davon, dass er meine Frau mit einer Waffe bedroht." In mir brodelt es, und ich kann nicht klar denken. „Lass gut sein, Dale! Wir haben unser Geld bereits untereinander aufgeteilt. Sie taucht mit mir unter – und weg von dir."

„Was zum Teufel soll das heißen?", der große, blonde Cassidy ist zwar fünf Jahre jünger als sein schlanker Cousin, aber doppelt so breit. „Wir sind ein Team! Du kannst uns nicht einfach auseinanderreißen!"

„Ja", brummt Dale und starrt meine verängstigte Frau an. „Und sie ist kein Teil des Teams."

„Nicht ",- beginne ich verzweifelt – doch der Schuss unterbricht mein Flehen.

Schreiend schrecke ich hoch. Jemand ist bei mir und schmiegt sich an mich. Langsam beruhige ich mich, während sie mir sanft über den Rücken streicht und mich in den Arm nimmt.

Ich komme wieder zu mir. Ich bin einem Hotelzimmer in der Stadt. Belle. Ich habe sie entjungfert und bin neben ihr eingeschlafen.

Es sind fünf Jahre vergangen. Elaine ist tot. Belle ist hier. Und sie macht sich Sorgen um mich.

Ich drehe mich zu ihr und lege meine Arme um sie.

„Was ist passiert?" Sie klingt so besorgt, dass sie mir leid tut.

Ich vergrabe mein Gesicht in ihrem Haar. Es dauert ein paar Minuten, doch endlich bringe ich einen ganzen Satz heraus.

„Meine Frau ... Sie ist gestorben. Sie ... wurde erschossen." Langsam bekomme ich meine Atmung wieder unter Kontrolle. „Vielleicht hätte ich dich vorwarnen sollen."

„Oh mein Gott", haucht sie geschockt und streichelt mir weiter über den Rücken. „Es tut mir so leid. Kann ich irgendwas tun?"

„Ich werd schon wieder", antworte ich leise. Im Moment ist sie ein Grund, warum es mir besser gehen wird. Ich atme ihren Duft ein und verliere mich darin.

Seit Elaine habe ich mich keiner Frau mehr so verbunden gefühlt. Eine ernsthafte Beziehung mit ihr würde nicht nur meine Sicherheit gefährden, es würde auch sie in Gefahr bringen. Beides ist inakzeptabel.

Dennoch will ich mehr. Mehr Zeit mir ihr verbringen ... ganz besonders mehr Zeit im Bett.

Ich lehne mich zurück und starre an die Zimmerdecke. Ich hatte gehofft, dass meine verdammten Alpträume meine Nacht mit Belle nicht unterbrechen würden. Das war wohl nichts.

Dann überrascht sie mich, indem sie unter der Decke auf mich klettert. Ich spüre ihren Hintern an meinem Gemächt, und das Grauen meines Traums verschwindet langsam aus meinem Kopf. Sie positioniert sich auf mir, stützt ihre Hände auf meine Brust und lächelt mich verschämt an.

„Was hast du vor?" Ihre plötzliche Selbstsicherheit überrascht mich. *Wow Süße, du lernst wirklich schnell, was?*

Nicht, dass mich ihr Enthusiasmus stören würde.

„Dich von der Vergangenheit ablenken", antwortet sie mit einer Stimme, die gleichzeitig schüchtern und zärtlich klingt. Sie lässt ihre Fingerspitzen über meine Brust nach unten gleiten. Dann positioniert sie sich etwas tiefer auf meine Knie und mein Schwanz springt förmlich nach oben.

„Das ... könnte helfen", murmle ich und reiße die Augen auf, als sich ihre Hände um meinen Schwanz legen.

Wir befinden uns beide im Halbschlaf. Ihre Hände erforschen mich langsam und so sanft, als hätte sie Angst davor, mich zu verletzen. Ihr sanftes Streicheln bringt mich bereits an die Grenze. Ein langsames Liebkosen, das an Intensität gewinnt, je mutiger sie wird.

Wir bewegen uns wie in Trance und lassen uns Zeit, während die Erregung uns langsam wach macht. Mein Schwanz reibt an ihrem Bauch und ihrer Muschi, und ich massiere sanft ihre Brüste, während sie ihre Finger über meinen Schwanz tanzen lässt.

„Du kannst ruhig etwas grober werden", ermutige ich sie mit rauer Stimme.

Sie lächelt und ihre sanften Hände umschließen meinen Schwanz. Ihre sanften Streicheleinheiten wandeln sich in langsame, feste Pumpbewegungen. Ich habe das Gefühl, sie versucht mit jeder Bewegung meine Erinnerung wegzuschieben.

Sie fängt den Tropfen, der sich an meiner Schwanzspitze

formt, mit der Fingerspitze auf und verreibt ihn dort. Ich stöhne vor Lust und sehne mich nach mehr.

Ich nehme ihre Hände und ziehe sie zu mir. Ich küsse sie auf den Mund und fahre anschließend mit meinen Lippen über ihren Hals. Sie jauchzt, als ich an ihrer Halsschlagader sauge und ihre Haut sanft markiere. Ich lächle, als sie aufstöhnt und mir mit den Fingern durchs Haar fährt.

Ich beiße sie sanft und sauge und knabbere mich anschließend an ihrem Hals entlang. Meine Fingerspitzen gleiten über ihre harten Nippel.

Es ist wie beim ersten Mal ... so intensiv, dass ich erzittere. Sie krallt sich an mir fest und stöhnt leise, als ich mich aufsetze und die Führung übernehme. Ihre Muschi reibt an meinem Schwanz, und sie presst sich instinktiv gegen mich. Ich knurre vor Erregung, hebe sie leicht hoch und dringe in sie ein.

Es fühlt sich sogar noch besser an als vorhin. Ich brauche ihre Klitoris kaum berühren, da erzittert sie bereits, und ihre Stimme hebt sich zu schweratmenden Lauten. Ihre Muschi umschließt meinen Schwanz, und laut schluchzend kommt sie zum Höhepunkt.

Im Gegenzug bringt mich ihr Muskelzucken ebenfalls zum Höhepunkt. Ich halte mich mit einer Hand am Kopfteil des Bettes fest und presse meine Hüften noch einmal fest gegen sie. In meinem Kopf ist kein Platz mehr für klare Gedanken, nur für pure Ekstase.

Schwer atmend sitzen wir auf dem Bett und kommen wieder zu Sinnen. Irgendetwas beschäftigt mich, doch als sie sich an mich schmiegt, denke ich nicht weiter darüber nach, sondern genieße nur noch.

Einige Stunden später prasselt der Regen gegen die Fensterscheibe. Die Temperatur liegt wieder über dem Gefrierpunkt. Der Schnee wird schnell schmelzen und die Bäche der Catskills ansteigen lassen. Es könnte zu Überschwemmungen kommen.

„Was ist los?", erklingt Belles Stimme in der Dunkelheit?

„Der Schnee wird zu Regen. In den nächsten Tagen wird es ganz schön matschig werden. Vielleicht kommt es zu Überschwemmungen." Ich hebe meine Jeans vom Boden auf und ziehe mein Telefon aus der Hosentasche. Ich sehe nach, ob vor Überschwemmungen gewarnt wird. Bis jetzt noch nicht.

Ich atme erleichtert auf, lege mich wieder unter den Berg von Decken und drehe mich zu meiner neuen Geliebten um. Es wird schwer, sie wieder aufgeben zu müssen. Aber bis es soweit ist, werde ich es verdammt nochmal genießen!

„Carl?" Belles Stimme klingt zögerlich.

Sie macht eine kurze Pause, bevor sie weiter spricht. „Möchtest du, dass wir Weihnachten zusammen verbringen?"

„Das habe ich schon eine ganze Weile nicht mehr gefeiert", gebe ich zu.

„Oh. Tut mir leid." Sie kann ihre Enttäuschung nicht verbergen. Sie will mich auch nicht manipulieren. Sie ist eine ganz schlechte Lügnerin. „Dann vergiss es."

„Nein. Ich finde es nicht schlimm. Der einzige Grund, warum ich es so lange nicht gefeiert habe, ist, dass ich niemanden hatte, mit dem ich es hätte genießen können."

„... Oh!" Ihre Stimme hebt sich etwas. „Ich auch nicht. Aber ... ich würde das gerne ändern."

Ehrlich gesagt mache ich mir nicht besonders viel aus Weihnachten, aber mit ihr würde ich sogar zu einem Strickkurs gehen, wenn das bedeuten würde, dass wir hinterher Zeit miteinander verbringen könnten.

Und ihre Freude darüber, dass ich einverstanden bin, macht die Sache eindeutig. *Tja. Sieht so aus, als feiere ich dieses Jahr Weihnachten.*

KAPITEL 9

BELLE

„Heute ist es wärmer!" Es sind beinahe 10 Grad Celsius. Alles ist matschig und nass. Ein paar grüne Tannenzweige liegen noch über dem Waldboden verstreut. Es ist Anfang Dezember, doch seit dem heftigen Schneesturm hat der Winter uns keinen weiteren Schnee beschert.

Ich lege die Köder, bestehend aus Nüssen, Talg und geschnittenem Gemüse, aus und verstecke mich zusammen mit Carl hinter dem Sichtschutz. Er hat mich auf den Berg geführt, um ein paar Fotos machen zu können, die etwas mehr zeigen als eine Million fetter Eichhörnchen, die über uns auf den Bäumen herumturnen.

Die Eichhörnchen sind zwar süß, aber eben nur eine Spezies. Außer ihnen habe ich noch ein paar Vögel fotografiert: Raben, Krähen, einen Schwarm Spatzen, der die kahlen Äste eines Ahornbaums besetzt hat. Ich brauche etwas Besseres. Einen Fuchs, einen Bären, ein Reh, einen Marder? Viele Tiere sind im Dezember eher weniger aktiv. Ich hoffe nur, der Schneesturm hat sie nicht in einen vorzeitigen Winterschlaf getrieben.

„Nun, wofür benutzt du diesen Sichtschutz?", frage ich Carl. Er trägt ein Gewehr um die Schulter, für den Fall, dass wir auf

Bären oder anderen Ärger treffen. Ich habe ihn gefragt, was er mit „anderen Ärger" meint, da es hier oben doch nichts Gefährliches außer Bären gibt. Er hat mir nicht geantwortet.

„Manchmal schieße ich ein Reh und friere es ein, als Vorrat. Nicht zu oft. Und manchmal komme ich hier raus und beobachte die Natur." Er lächelt. „Das stört dich doch nicht, oder?"

„Nicht wirklich." Ich bin zwar kein großer Jagdfreund, aber in dieser Gegend gehen doppelt so viele Menschen des Fleisches wegen jagen und nicht auf Trophäenjagd. Und davon abgesehen ist Carl eher praktisch veranlagt.

Ich bin jetzt seit ungefähr einem Monat bei ihm. Der Schnee ist geschmolzen und fließt nun als Wasser über die Berghänge. Ich wohne noch immer im Hotel und arbeite an meinem Projekt, doch die meiste Zeit verbringen wir zusammen. Wir essen, reden den ganzen Tag und verbringen die Nächte voller Leidenschaft miteinander.

Ich habe mich richtig verliebt. Und ich könnte nicht glücklicher sein – auch wenn unsere Beziehung sich in einem Monat oder so in eine Fernbeziehung wandelt.

Ich prüfe mein Kameraobjektiv und sehe mir noch einmal die Fotos an, die ich bisher gespeichert habe. Eichhörnchen, Eichhörnchen, eine Krähe, die uns in der Hoffnung auf Futter fast einen Kilometer verfolgt hat, eine Katze, die mit einer fetten Wühlmaus in der Schnauze aus dem Dorf kam und an uns vorbeischlenderte. Eine Maus, an die ich für ein Foto auf dem Bauch heranrobben musste. „Dieser Ort ist im Winter noch trostloser, als ich gedacht habe."

Lachend schüttelt Carl den Kopf. „Die meisten Tiere verstecken sich. Es ist Jagdsaison. Wenn wir uns ruhig verhalten, werden sie eventuell bis zu uns hinter den Sichtschutz kommen."

Wie aufs Stichwort erklingt irgendwo ein Gewehr – und neben mir erstarrt der große, unerschütterliche Carl. Mir fällt die Art und Weise auf, wie er sich umdreht, und er ist ein wenig blass. „Was ist los?"

„Ich werde mich nie an dieses Geräusch gewöhnen", gibt er zu und lächelt mich traurig an. „In der Stadt hat es eine andere Bedeutung."

„Ja, das stimmt. In Miami habe ich es ständig gehört. Aber ich dachte, du kommst hier aus der Gegend", antworte ich etwas verwirrt.

„Nee." Er lächelt mich schief an. „Ich bin aus Chicago. Meine Familie lebt hier draußen. Beziehungsweise hat hier gelebt. Ein paar Cousins leben etwas weiter westlich bei Phoenicia."

Er holt die Thermoskanne heraus und gibt sie mir. Ich gieße mir etwas heißen Tee in den Becher und nicke dankend. „Danke."

„Trinkst du immer noch keinen Kaffee?", fragt er besorgt und ich nicke zustimmend.

„Ich kriege davon Magenschmerzen, besonders morgens. Irgendwie spielt mein Magen in letzter Zeit etwas verrückt. Keine Ahnung, was los ist."

Er schweigt und als ich mich zu ihm umdrehe, starrt er mich einfach nur an. „Dir ähm ... wird morgens übel?", wiederholt er und sieht mich besorgt an.

„Ja, meistens. Nachmittags ist die Übelkeit verschwunden, und so schlimm ist es auch nicht. Ich bekomme nur bestimmte Speisen und Getränke ... nicht herunter." Ich lege meinen Kopf etwas zur Seite und sehe ihn an. „Was ist los?"

„Vielleicht solltest du zu einem Arzt gehen, wenn wir zurück sind", antwortet Carl nachdenklich. Seine Stimme klingt ein wenig besorgt.

„Was ist denn los?" Wieso beschäftigen ihn meine Magenbeschwerden so sehr? Wir mögen uns zwar, aber warum macht er denn so einen Wirbel?

Auch wenn es irgendwie süß ist.

„Okay. Ich werde sehen, ob ich einen finde, den meine Versicherung übernimmt."

„Phoenicia ist der nächste Ort, in dem es Ärzte gibt", klärt er mich auf. „Wir werden morgen fahren."

Somit steigen wir am nächsten Tag, nachdem ich Toast und Eier heruntergewürgt habe, in seinen Truck und fahren weiter Richtung Westen, nach Phoenicia, das so schön wie aus dem Bilderbuch ist. Der Ort ist etwas größer, als Mount Tremper und besteht hauptsächlich aus einer langen Hauptstraße mit Geschäften und Restaurants. Ein paar Nebenstraßen führen hoch in die Berge. Einer der wenigen Ärzte wird von meiner Krankenkasse übernommen und hat sogar noch einen Termin frei.

„Ist es schlimmer geworden?", fragt Carl, während wir durch die Stadt zu einem umgebauten Farmhaus fahren, in dem sich die Praxis von Dr. Brassman befindet.

„Glücklicherweise nicht. Falls es ein grippaler Infekt ist, ist es einer von der langanhaltenden, nervigen Sorte. Ich habe auch kein Fieber."

Er sieht wieder besorgt aus.

„Es wird schon nicht die Ruhr oder so etwas sein."

„Darüber mache ich mir auch keine Sorgen", antwortet er leise. Sein Gesichtsausdruck bleibt zwar beherrscht, wirkt aber gleichzeitig so, als sei wirklich etwas nicht in Ordnung.

„Was dann?"

„Ich hoffe nur, dass es nichts ist", kommt die schnelle Antwort. Er fährt langsamer und biegt auf den Parkplatz ab, der sich hinter dem großen, weißen Holzhaus befindet.

„Ja", antworte ich seufzend und lege mir eine Hand auf meinen empfindlichen Bauch. „Ich auch."

Ich hatte absolut keine Ahnung, worüber Carl sich eigentlich Sorgen gemacht hatte, bis ich zwanzig Minuten später in einem Patientenhemd vor dem glatzköpfigen, kleinen Arzt saß, der mir mit ruhiger, sanfter Stimme seine Diagnose mitteilte.

„Nun, ihr vorausgegangener Urintest hat nicht nur ergeben, dass sie absolut gesund sind. Sie sind schwanger."

Ich habe plötzlich das Gefühl, dass sich die Zimmerwände auf mich zu bewegen, und mir bleibt fast das Herz stehen. „Was?"

„Sie hatten das nicht geplant", stellt er fest. Ich werde rot und senke den Blick.

„Nein, das kommt etwas unerwartet." Ich kann nur kleine Atemzüge machen. *Ein Baby?*

Carls Baby?

„Wir haben Kondome benutzt." *Jedes Mal? Ja, ich kann mich daran erinnern, wie er hinterher immer ins Bad ging, um diese kleinen, mit Samen gefüllten Dinger in den Müll zu werfen.*

Vielleicht ist etwas ausgelaufen. „Eins muss kaputt gewesen sein."

Er setzt seine Brille ab und schaut mich mit kühlen, grauen Augen an. „Gemessen an ihrer Situation und dem frühen Zeitpunkt ihrer Schwangerschaft haben sie natürlich Optionen."

„Optionen?"

„Falls Sie länger hierbleiben, gibt es eine sehr gute Hebamme hier, an die Sie sich wenden können. Sie lebt hier in Phoenicia und heißt Alice Crabbe. Sie arbeitet mit mir zusammen." Er holt eine Visitenkarte aus seiner Tasche, schreibt eine Telefonnummer auf die Rückseite und gibt sie mir. „Sie ist ein kleines Klatschmaul, also wird Sie Ihnen das Ohr abkauen. Aber sie ist die Beste."

Er wird etwas ernster uns setzt sich aufrecht hin. „Falls sie kein Interesse daran haben, Mutter zu werden, können Sie nach Kingston oder zurück nach Poughkeepsie gehen." Er umschreibt das Thema geschickt.

„Ich werde ... das mit meinem Freund besprechen müssen", antworte ich schnell.

Er nickt und lächelt mich aufmunternd an. „Falls Ihre Beschwerden schlimmer werden und eine Ernährungsumstellung nichts bringt, kommen Sie wieder und ich verschreibe Ihnen etwas Stärkeres gegen die Übelkeit."

Auf dem Weg nach draußen, habe ich die Hälfte der Unterhaltung schon vergessen. Mein Kopf fühlt sich an, als sei er mit Helium gefüllt.

Als ich zurück ins Wartezimmer komme, steht Carl von seinem Stuhl auf und sieht mich wortlos an. „Lass uns ... fahren", sage ich leise. Ich will ihm die Neuigkeit nicht hier erzählen.

Er nickt und hilft mir in den Mantel. „Dann los."

KAPITEL 10

CARL

„Du bist schwanger", entgegne ich.

„Ja." Ihre Stimme klingt leise und atemlos. Sie sieht verängstigt aus. „Ich schätze, du würdest gerne mitreden, wie es jetzt weitergehen soll."

Mein Herz rast. Freue ich mich oder fürchte ich mich? Ich will diese Frau. Und beim Gedanken daran, dass sie mein Kind in sich trägt, durchfährt mich ein wohliges Kribbeln. Ein Baby?

Es ist nicht sicher. Nicht, solange meine Expartner mich suchen. Ein Kind bekommt eine Geburtsurkunde und weitere Dokumente, auf denen mein Name auftauchen wird. Denn dieses Kind wird keinesfalls ohne Vater aufwachsen.

... Scheiße. Erzähl ihr alles! Sie muss es wissen!

„Es ist deine Entscheidung", antworte ich leise. „Aber ... wenn du bleiben willst und das Kind mit mir gemeinsam großziehen willst ... dann solltest du noch ein paar Dinge wissen."

Wir fahren durch die Hügel von Woodstsock. Dort gibt es eine riesige Anzahl Truthahngeier, die in dieser Jahreszeit scharenweise Richtung Westen aufbrechen. Das wird ein Wahnsinnsfoto – und es ist ein guter Grund für die lange Fahrt durch das Gelände.

„Was ist das?", fragt sie nervös. „Ich ... muss dir wahrscheinlich auch noch etwas erzählen."

„Ich zuerst." Im Grunde weiß ich ja schon, was sie mir sagen will – und ich fühle mich immer noch mies, dass ich ihr nachgeschnüffelt habe.

„Okay."

„Der Grund, aus dem ich aus Chicago weg bin und nun in einem versteckten Haus in den Bergen lebe, ist der, dass zwei wirklich gefährliche Typen meinen Tod wollen." Der schlimmste Teil ist gesagt.

Sie blickt mich mit weit aufgerissenen Augen an. „Was ... warum? Hast du ein Verbrechen beobachtet?"

Seufzend steuere ich den Wagen um eine Kurve. „Ich war bei einigen Banküberfällen der Fahrer des Fluchtwagens."

„Ach du Scheiße." Sie lehnt sich in ihren Sitz und schaut aus dem Fenster. „Du erzählst mir keinen Unsinn, oder?"

„Ich wünschte, es wäre so." Ich atme tief durch. „Ich habe dir erzählt, dass meine Frau erschossen wurde. Es waren diese Typen. Es war eine vollkommen dämliche, vermeidbare Auseinandersetzung, an der ein bewaffneter Typ beteiligt war, der Probleme hat, sich zu kontrollieren."

Sie nimmt einen tiefen, zittrigen Atemzug. „Was ist passiert?"

„John Cassidy, Dale Everett und ich haben zusammengearbeitet, seit wir Teenager waren. Es ist eine lange Geschichte. Im Grunde haben sie jeden Ort ausgeraubt, den wir betreten haben, und ich habe uns von dort weggebracht. Meine Größe und meine Stimme waren zu charakteristisch, als dass ich mich direkt an den Überfällen hätte beteiligen können. Dafür kann ich so gut wie jedes Fahrzeug fahren."

„Ist mir aufgefallen", antwortet sie mit warmer Stimme.

„Jedenfalls hatten wir einen guten Lauf. Haben eine Menge Geld gemacht, und dank Absperrgitter und Glück mussten wir nie einen Schuss abfeuern. Doch dann begann Everett vor den Jobs zu trinken."

Ich atme tief durch und balle die Hände um das Lenkrad, während wir an einem weihnachtlich geschmückten Farmhaus vorbeifahren. „Everett wurde unberechenbar, wenn er getrunken hatte. Warum er dachte, dass der letzte Job anders werden würde, ist mir schleierhaft. Aber dank ihm, wurde er das."

„Ich habe in dem Truck gewartet, den ich uns besorgt hatte, als ich plötzlich das schlimmste Geräusch gehört habe, das man während eines Überfalls hören kann: Schüsse. Everett hat die Beherrschung verloren, weil eine der Kassiererinnen nicht aufhören konnte zu weinen und deswegen die Kasse nicht aufbekam."

Sie schaudert und ihr Blick erinnert mich an den eines verängstigten Rehs. „Das ist schrecklich!"

„Ja. Der Typ hat es tatsächlich fertig gebracht, eine unbewaffnete Frau zu erschießen." Meine Stimme klingt verbittert, und ich lenke den Wagen weiter entlang der kurvenreichen Straße.

Ich fahre langsam aus Sorge, dass Belles Magen rebellieren könnte. „Sie kommen also ohne Geld raus, dafür ist Everetts Hemd voller Blut. Cassidy schreit ihn an, und er schreit zurück, dass die Kassiererin es nicht anders verdient hätte, da sie nicht auf ihn hören wollte."

„Er hat so etwas noch nie zuvor getan? Keine Gewalt, keine beunruhigenden Unterhaltungen?" Sie sieht fassungslos aus. Es bedrückt mich, wie sehr sie das mitnimmt.

Wird sie weggehen, sobald ich das Auto anhalte?

„Gar nichts." Ich fahre mir mit der Hand über das Gesicht. Aber ich habe ihn davor auch nie betrunken gesehen. Nur ständig danach, auch als er meine Frau erschossen hat.

„Ich habe uns da rausgebracht, aber Everetts Gesicht war auf den Überwachungskameras zu sehen und bei zwei Opfern wollte die Polizei natürlich Gefangene machen." Ich lenke den Wagen langsam in Richtung eines weiteren Farmhauses.

„Und wie kommt es, dass sie deinen Tod wollen? Everett hat es doch versaut." Zumindest gibt sie mir die Möglichkeit, alles zu erklären – hört zu und sieht die Zusammenhänge –, anstatt sich verschreckt abzuwenden.

„Wir hatten einen Plan. Ein Freund in Kuba wollte uns aufnehmen. Aber der Plan war entstanden, bevor ich geheiratet habe, und Everett ist durchgedreht.

„Mir blieb keine andere Wahl, als ein Drittel des Geldes zu nehmen, das wir versteckt hatten, mir meine Frau zu schnappen und zu versuchen, alleine zu verschwinden. Das Problem war, dass Everett und Cassidy das als Verrat gesehen haben. Und Cassidy ist ein verdammt guter Hacker – fast so gut wie ich.

„Er hat uns gefunden, bevor wir die Stadt verlassen konnten. Sie haben uns aufgesucht, uns bedroht … Und dann hat Everett meine Frau erschossen."

Sie schluckt und nickt. „Um dich zu bestrafen."

„So wie ich das sehe, ja – und ich bin direkt zur Polizei gegangen. Das hätte ich vorher nie getan, doch Everett hat mich dazu getrieben. Entweder so oder ich hätte ihn selbst umgelegt – und Elaine hätte mir das niemals verziehen." Ich versuche, meinen Griff vom Lenkrad etwas zu lösen.

„Everett ist im Gefängnis gelandet, Cassidy stand ihm zur Seite, und ich habe mich hier versteckt. Wenn irgendeine Information über mich im Internet landet, wird Cassidy mich finden. Und diese zwei Bastarde stehen im Nu vor meiner Türe."

Bei dem Gedanken daran, dass sie mich verlassen könnte und das Kind abtreibt, weil ihr das alles zu gefährlich ist, schnürt sich mir der Magen zu. Dennoch muss ich mich dieser Möglichkeit stellen – besonders weil es für sie sicherer wäre, von mir wegzugehen.

„Falls du bei mir bleiben willst ... musst du wissen, dass es niemals hundertprozentig sicher sein wird. Diese beiden sind gnadenlos, wenn es um Rache geht. Und Everett ... er ist nicht mehr derselbe."

Sie lehnt sich zurück und blinzelt einige Male. „Neben der Schwangerschaft ist das eine ganze Menge zu verdauen."

„Es tut mir leid. Aber es spielt eine Rolle, und du solltest es wissen." Meine Brust zieht sich zusammen, während ich den Wagen gleichmäßig die Straße entlangsteuere.

„Ich bin ... froh, dass du es mir erzählt hast. Bei jedem anderen hätte ich geglaubt, dass es Unsinn ist aber ... du hasst es mehr als jeder andere, den ich kenne, wenn jemand Unsinn redet." Sie lächelt etwas gezwungen.

„Nein, es stimmt alles." Ich fahre mit der Hand über mein Gesicht und drehe die Heizung etwas höher. „Und ... wenn du bei mir bleibst, was ich hoffe, wirst du vielleicht dabei sein, falls und wenn ich den beiden gegenübertrete."

Sie leckt sich die Lippen. „Falls diese Typen jemals auftauchen, würdest du mich wieder retten? So wie bei dem Schneesturm?"

Die Worte treffen mich direkt ins Herz. Sie hat so großes Vertrauen zu mir!

„Ich werde dich und das Baby retten", schwöre ich. „Egal, was es kostet."

Es ist ein Versprechen, das ich vielleicht nicht halten kann. „Aber ich werde vielleicht nicht da sein, wenn es Ärger gibt, Süße", gebe ich zu bedenken.

Sie sitzt ganz ruhig und gedankenverloren da. Dann hebt sie den Blick und lächelt mich an. „Okay. Gut, wenn das so ist, dann solltest du mir besser zeigen, wie ich mich verteidigen kann. Denn wenn du wirklich willst, dass ich bleibe, dann bleibe ich."

KAPITEL 11

BELLE

„So, füllen Sie den Papierkram aus und ich bin sofort wieder da." Die Krankenschwesterhebamme Alice Crabbe, entpuppt sich als aufgeweckte, ältere Dame mit roten Haaren, die gerne und viel redet. Ich lächle sie etwas unsicher an und nehme die Papiere von ihr entgegen.

Sie fegt aus dem Raum, und ich schaue ihr nach. Die meisten Fragen auf dem Bogen sind Standardfragen und -angaben. Während ich den Bogen ausfülle, denke ich an Carl, der im Wartezimmer sitzt.

Seit er mir von seiner Vergangenheit erzählt hat, musste ich über viele Dinge nachdenken. Nicht nur über das Baby oder ein gemeinsames Leben mit Carl, sondern auch über die Möglichkeit, dass seine Geister der Vergangenheit alles versauen könnten.

Ich bin noch zögerlich, was das Heiraten angeht. Der letzte Monat war wunderbar. Die Fertigstellung des Projekts ist etwas frustrierend, aber jedes Mal, wenn wir in der Kälte nach Tieren suchen, freue ich mich darauf, die folgende Nacht in seinen Armen zu verbringen.

Ich bin glücklich, auch wenn Weihnachten vor der Türe

steht. Teilweise liegt es daran, dass ich die Feiertage mit jemandem verbringen kann, der mir nichts Böses will.

Ich fülle den Fragebogen aus, denke an Carl und an die Vor- und Nachteile meiner Situation. Ich bin hoffnungslos verliebt. Ich bedeute ihm etwas, und er bietet mir ein gutes, wenn auch etwas exzentrisches Leben. Aber es geht alles so schnell!

Es wird nach dem Kindesvater gefragt. Ich starre einen Moment auf den Fragebogen. Was soll ich eintragen? Carl möchte das Kind anerkennen, will seinen Namen aber nicht öffentlich machen.

Verdammt, vielleicht sollte ich ihm eine Nachricht schicken? Ich will keinen Mist bauen. Ich starre noch immer auf den Fragebogen, als Miss Crabbe wieder den Raum betritt. „Stimmt etwas nicht, Liebes?", fragt sie, als sie sieht, dass ich noch nicht fertig bin.

„Oh, ich hänge nur bei einigen Fragen fest", entschuldige ich mich. „Ich bin fast fertig."

„Wo liegt denn das Problem?" Noch bevor ich reagieren kann, hat sie sich schon den Fragebogen aus meinen Händen geschnappt und wirft einen Blick darauf. „Oh, sagen Sie jetzt nicht, dass Mr. Gray Ihnen seinen Nachnamen verheimlicht hat."

Ich bin etwas geschockt. Woher kennt sie Carls Nachnamen? „Oh, den kenne ich. In einigen Monaten werden wir uns den sogar teilen. Er hat mir einen Heiratsantrag gemacht."

„Oh gut. Er verhält sich Ihnen gegenüber also richtig. Ich wollte nur sichergehen." Sie gibt mir den Fragebogen zurück, und ich trage Carls Namen ein.

„Um, woher kennen Sie Carl?"

„Er ist eine glatte Kopie seiner Cousins. Ihnen gehört die Tankstelle am Ende der Straße. Ihn kann man nur schwer übersehen!" Sie lacht sanft, und ich lache mit ... ich frage mich, warum ich plötzlich so verunsichert bin.

„Wie ist es gelaufen?", fragt Carl, während er neben mir auf Phoenicias Hauptstraße unter den Markisen der Geschäfte herläuft. Wir sind auf dem Weg zum Diner, denn mein unruhiger Magen hat seine Stimmung von „auf nichts Appetit" zu „gib mir alles an Essen, was du findest" gewechselt.

„Sie ist etwas altmodisch und neugierig, aber sehr intelligent. Sie hat mir das Ohr über alles Mögliche, was in der Stadt so vorgeht, abgekaut. Sie hat mir von deinen Cousins erzählt", sage ich lächelnd. Mir gefällt es, dass Carl hier oben nicht ganz alleine ist.

„Moment." Er bleibt abrupt stehen. „Sie hat getratscht? Und sie kannte mich?"

Ich drehe mich zu ihm und ignoriere den Schnee, der von den Dächern rieselt. Der Wind dringt in meinen Mantel ein. „Ja. Ich fand es schon ein wenig merkwürdig."

Er steht noch immer völlig regungslos vor mir ... und wirkt etwas blass. „Wie heißt sie nochmal?"

„Alice Crabbe."

Er schließt die Augen und lässt die Schultern hängen. „Scheiße."

Mir schnürt sich die Kehle zu, und mein Kopf beginnt zu brummen. „Was ist los? Gibt es ein Problem?"

„Nein", brummt er und wendet seinen wütenden Blick ab. „Du kennst die Leute hier nicht. Ich hätte das prüfen sollen."

Dr. Brassman hat mich vor Alice Crabbe gewarnt. Dass sie geschwätzig ist. Da war aber noch mehr. Ich kann mich nur nicht erinnern ...

„Alice Crabbe hat eigentlich graue Haare, deswegen habe ich sie nicht erkannt. Und sie hat in der gynäkologischen Abteilung des Krankenhauses gearbeitet." Er reißt sich die Mütze vom Kopf und rauft sich frustriert das Haar.

„Was ist das Problem?" Langsam dämmert es mir. *Der Doktor*

hat gesagt, dass sie ein furchtbares Klatschmaul ist. Ich war zu abgelenkt, um den Zusammenhang herzustellen.

„Sie führt einen Blog mit Klatsch und Tratsch über Phoenicia. Und sie hält alles, was sie hört, für wichtige Neuigkeiten." Er blickt mich besorgt an. „Ich muss zurück in den Computerraum und nachsehen, wie viel Schaden sie schon angerichtet hat."

Mir wird das Herz ganz schwer, als wir zurück zum Truck gehen. *Das ist meine Schuld.* Während wir schweigend den Berg hinauffahren, ärgere ich mich über mich selbst.

Ich kann es jetzt nicht mehr ändern. Und ich kann mich jetzt nicht auch noch Carls Wut stellen. Aus diesem Grund ziehe ich es vor, trotz meiner Scham und meiner Sorge weiter zu schweigen.

KAPITEL 12

CARL

„Das ist ja unglaublich", entfährt es Belle, als sie mir in den Computerraum folgt. Ich biete ihr einen Stuhl an, setze mich an den Hauptrechner und rufe Alice Crabbes *Phoenicia Geschichten* Webseite auf.

„Alice Crabbe ist berüchtigt", erkläre ich Belle, während ich die für mich relevanten Informationen suche. „Das hättest du nicht wissen können. Ich bin jeden Sommer aus Brooklyn hergekommen, um meine Cousins zu besuchen, und schon damals ... Wenn man Alice Crabbe irgendetwas erzählt hat, hat sie es gleich in der ganzen Stadt verbreitet.

Mein Cousin Dave wurde schon von einem Mädchen verlassen, weil er Alice anvertraut hatte, es frustriere ihn, dass seine Freundin ständig mit anderen Typen flirtet. Alice hat Ehen zerstört, Schlägereien ausgelöst und so gut wie jeden in dieser Stadt schon einmal bloßgestellt. Wir geben uns nur weiter mit ihr ab, weil sie ein unglaubliches Talent als Geburtshelferin hat."

Sie schluckt. „Um das klarzustellen, ich habe nichts gesagt. Abgesehen von dem, was wir abgesprochen hatten." Sie wirkt nervös. „Wenn ich gewusst hätte-"

Ich schüttle meinen Kopf. „Du hast es nicht gewusst. Ich bezweifle, dass du mich erwähnt hast. Ich habe mich im Büro blicken lassen, ohne vorher das Namensschild zu prüfen. Sie konnte ganz einfach eins und eins zusammenzählen. Und nun wird sie es ausplaudern."

Die Suchfunktion liefert ein paar Ergebnisse. Es sind zwar nur wenige, doch jeder einzelne Link lässt mir das Blut in den Adern gefrieren. „Das Problem ist, dass sie ihren Klatsch mittlerweile online verbreitet, wo ihn die ganze Welt finden kann. Inklusive meiner ehemaligen Partner."

Sie wird ganz blass. „Oh nein." Ihre Stimme klingt ganz dünn, und ich lege ihr meine Hand auf die Schulter, um sie zu beruhigen.

„Bis jetzt sind wir noch nicht aufgeflogen, Schatz. Aber ich muss etwas unternehmen." Ich klicke auf den ersten von drei Links: ein „was ist aus ihnen geworden", von vor ein paar Jahren erscheint, in dem ich kaum erwähnt werde, ein Artikel über einen Tankstellenüberfall, in den meine Cousins verwickelt waren und der mich ebenfalls kaum erwähnt – und der eine Artikel, der vor zwanzig Minuten erschienen ist.

Glückwunsch an unser frisch verlobtes Pärchen: Carl Gray, unser heimgekehrter Junge und seine schwangere Verlobte, Belle Cantor! Sie haben noch kein Datum festgelegt, aber das Baby wird Ende nächsten Sommer kommen!

Ich schaue zu Belle, deren Gesichtsfarbe von totenblass zu wutrot umgeschlagen ist. „Können wir sie nicht verklagen, oder so was?"

„Das würde die Sache nur noch mehr aufbauschen", antworte ich voller Bedauern. „Außerdem hätte sie bei ihrem Talent, eine Praxis in einer Großstadt, wenn sie es sich leisten könnte."

„Was tun wir also?" Sie ist wütend und verängstigt.

Ich hasse es, sie so zu sehen. Ich kneife die Augen zusammen. „Ich schließe ihre kleine Klatsch-und-Tratsch-Seite! Hoffentlich bevor einer von Cassidys Web-Schnüfflern es findet."

Sie hebt den Kopf. „Hört sich gut an, finde ich."

Es dauert nicht lange. Während meines Scheinberufs habe ich eine Leidenschaft für Computer entwickelt. Und nicht alles, was ich in dieser Zeit gelernt habe, gilt unbedingt als gesellschaftlich anerkannt. Es kann mitunter aber sehr hilfreich sein. Innerhalb weniger Minuten sind ihre Dateien beschädigt, und die Seite funktioniert nicht mehr.

Der Webseiten-Check schafft Gewissheit: kein Traffic und überhaupt muss sie die Seite erst wieder einmal komplett neu aufbauen. „Das war's. Ihre Klatschseite ist weg, zumindest für eine gewisse Zeit."

Ich hoffe, du hast keine Backups, du neugierige Kuh.

Belle atmet erleichtert auf und sieht mich ernst an. „Meine Rolle in der ganzen Sache tut mir leid." Ich schüttle den Kopf. „Du konntest es nicht wissen. Aber fürs Erste lass ich dich nicht mehr aus den Augen. Bis wir sicher wissen, dass Cassidy von dieser Sache keinen Wind bekommen hat." Ich schaue sie mit ernster Miene an, und sie zuckt zusammen. „ ... Entschuldige."

„Nein, ist schon gut. Was nun?"

„Wir müssen aufpassen, was wir in ihrer Gegenwart sagen und tun." Ich wünschte, wir könnten uns eine andere suchen, aber Crabbe ist einfach die beste Hebamme der ganzen Gegend.

„Ich weiß nur nicht, wie ich ihr gegenüber meinen Frust verbergen soll." Sie sitzt da und starrt mit müden Augen ins Leere. „Und diese ganzen Hormone tragen auch nichts zur Verbesserung meiner Laune bei."

„Es wird schon alles gut, Süße. Du wirst das schon machen. Du hast mir doch erzählt, wie gut du mit deinem Stiefvater fertig geworden bist. Wir müssen für Crabbe einfach nur zum langweiligsten Pärchen überhaupt werden. Dann wird sie schon bald aufgeben und sich neue Ziele suchen." Ich massiere ihr die Schultern. Sie seufzt und lehnt ihren Kopf gegen meinen Arm.

„Okay", erklärt sie sich einverstanden. „Ich habe einfach nur kein gutes Gefühl dabei."

„Ich auch nicht. Wenn wir Glück haben, hat sich das Problem gerade erledigt." Wir brauchen eine Ablenkung. Etwas, das sie auf schönere Gedanken bringt. „Ich habe noch gar nicht gefragt. Was wünscht du dir eigentlich zu Weihnachten?"

Sie schaut zum Monitor, dann zu mir. „Einen Ring", antwortet sie leise, und mir schnüren diese beiden Worte die Brust zu.

Ich zwinge mich zu lächeln. „Oh." *Nein, das ist falsch. Ich sollte sie zurück nach Poughkeepsie schicken, bevor die beiden herkommen und die Hölle losbricht.*

„Du bleibst also?" *Ausgenommen ... verdammt, sie muss bleiben. Seit sie mit mir in Verbindung gebracht wurde, ist dieser Ort im Moment einfach der sicherste für sie.*

Sie blickt mich verwundert an. „Natürlich bleibe ich."

„Entschuldige, das war nicht so gemeint. Ich ... würde es dir nicht übel nehmen, falls du untertauchen willst. Ich würde dich natürlich unglaublich vermissen." Es ist schwer, die richtigen Worte zu finden. In Gedanken mache ich bereits einen Sicherheits-Check und frage mich, ob dieser Berghang stark genug ist, einen Angriff abzuwehren.

„Ich werde nicht gehen. Es ist der sicherste Ort, und ich will auch nirgendwo anders hin, alles klar? Lass uns ... das Ganze einfach hinter uns bringen." Sie klingt etwas genervt.

„Okay, Süße." Ich beruhige sie und bete, dass mein ungutes Gefühl einfach nur ein Schatten der Vergangenheit ist. Die Erinnerung an Elaines Tod. Keine Chance, dass die Geschichte sich wiederholt.

KAPITEL 13

BELLE

„Ich will den Weihnachtsabend nicht im Krankenhaus verbringen!", protestiere ich, während Carl und Miss Crabbe mich auf mein Hotelzimmer bringen.

„Du gehst nur, wenn dein Fieber steigt und du nicht aufhörst, dich zu übergeben", brummt Carl. „Aber sollte das der Fall sein, gehst du!"

„Na gut." Die Übelkeit ist schlimmer als je zuvor, verstärkt durch diesen miesen Infekt, wegen dem ich mich benommen und fiebrig fühle. Heute Morgen ging es mir noch gut. Ich habe sogar gefrühstückt.

Doch im Laufe des Tages hat sich die Krankheit ausgebreitet, angefangen mit einem Kratzen im Hals, das auch durch Tee mit Honig nicht besser wurde, und Ohrenschmerzen, die langsam immer schlimmer wurden.

Dann kam noch die Übelkeit dazu, und ich wurde immer schwächer. Und so fiel unser Weihnachtsabend ziemlich kurzfristig aus. Stattdessen bin ich jetzt dick eingepackt und auf dem Weg zurück ins Hotel. Und die neugierigste Frau der Stadt ist auch dabei.

„Zum Glück bin ich Ihnen beiden begegnet", plappert sie

fröhlich drauf los. „Ich freue mich immer, wenn ich helfen kann!"

Ich muss mich zusammenreißen, um nicht die Augen zu verdrehen. Vor dem Hotel sind wir ‚ihr über den Weg gelaufen'. „Vielen Dank, Alice. Was hätten wir nur ohne Sie gemacht?"

Drei gute Dinge sind geschehen, seit wir gemerkt haben, dass Alice uns beide in Gefahr gebracht hat. Das erste und wichtigste ist: Nichts. Nichts ist geschehen.

Carls frühere Partner sind nicht in der Stadt aufgetaucht, um uns das Leben zur Hölle zu machen. Es sind jetzt drei Wochen vergangen, und wir haben noch immer nichts gehört. Kein Wort von irgendwelchen Fremden in der Stadt, abgesehen von den üblichen Touristen und Skianfängern. Um Carls Bergfestung herum sind keine ungewöhnlichen Fußspuren aufgetaucht.

Von der Versicherung ist endlich ein Scheck für mein geschrottetes Auto und den Laptop gekommen. Ich kann Carl den Laptop zurückgeben, den er mir geliehen hat, und mir einen eigenen besorgen. Bei dem Anblick der Fotos des plattgedrückten Autos ist mir ganz schlecht geworden: die komplette Fahrerseite war platt wie ein Pfannkuchen.

Es hat mich noch einmal daran erinnert, dass Carl mein Held ist.

Und schließlich hat mein Projekt noch einen Schub bekommen, nachdem Carl mich zu seinem Lieblingsplatz geführt hat, um die Natur zu beobachten. Ich habe Fotos von Bären, Adlern und einem Rudel Kojoten gemacht und auch von spielenden Ottern an einem zugefrorenen Bach.

Ich konnte wieder schlafen, mich entspannen und die Ferien genießen. Bis dieser dämliche grippale Infekt alles ruiniert hat. „Vielleicht hilft es, wenn ich mich etwas hinlege ...", widerspreche ich leise.

Ich habe mein Hotelzimmer in ein Arbeitszimmer und das Badezimmer in eine Dunkelkammer verwandelt. Wenn wir in der Stadt sind und mein Energielevel in den Keller geht, komme ich her und ruhe mich aus. Das passiert hin und wieder wenn die Übelkeit zu stark wird ... so wie jetzt. In diesem Moment bin ich froh über das Zimmer, denn ich hätte die Fahrt auf den Berg wohl nicht geschafft, ohne mich in Carls Truck zu übergeben.

„Ich kann nicht glauben, dass mir ausgerechnet heute von dem Tee schlecht wird", brumme ich vor mich an, während Carl mich ins Zimmer führt. „Tut mir leid, dass ich unser Weihnachten ruiniert habe."

„Das hast du nicht. Ohne dich hätte ich erst gar keinen Grund gehabt, auszugehen." Carl hilft mir zum Bett und dann aus dem Mantel und den Stiefeln. Mein gesamter Körper tut weh, und ich bin ganz schwach. Ich hasse es, so hilflos zu sein.

„Ich werde Ihnen etwas gegen die Übelkeit besorgen und meine Kamille-Infusion holen. Das sollte Ihren Magen beruhigen. Die Sachen sind in meinem Auto." Alice eilt aus dem Zimmer und als sich die Türe schließt, atme ich tief durch.

„Ich schätze es ist gut, dass sie hier ist, oder?", frage ich vorsichtig, und Carl schüttelt lachend den Kopf.

„Wenn sie dir rechtzeitig zum Weihnachtsfest wieder auf die Beine hilft, kann ich ihr ihre Neugier verzeihen", grummelt er. Ich lächle müde und nicke zustimmend.

„Wenigsten ist sie gut darin, Dinge in Ordnung zu bringen, sofern es nicht um den Ruf anderer Leute geht." Noch ein Grund sauer auf sie zu sein: durch ihr Getratsche weiß praktisch die ganze Welt, dass ich gezwungen bin, zu heiraten. Die ganze Stadt Phoenicia wird es wissen, auch wenn wir ihre Webseite geschlossen haben.

Ich mache es mir gerade gemütlich, als Alice an die Türe klopft und eilig ins Zimmer kommt. Ich bin kurz davor, sie wegen fehlender Manieren anzugehen, da sehe ich ihren Gesichtsausdruck. „Was ist los?"

„Ähm ... zwei sehr verwegen aussehende Männer stehen mit

einem Truck voller Benzinkanister draußen. Sie suchen Sie, Mr. Gray."

Ich erstarre. Carl bleibt stehen und kneift die Augen zusammen. Wir wissen sofort, was los ist.

Diese paar Minuten die Alices Klatsch über die Schwangerschaft und die Hochzeit online war, waren schon zu lange. Carls frühere Partner haben es gesehen.

Und jetzt sind sie hier.

KAPITEL 14

CARL

Sie sind hier. Ich muss Belle beschützen.

„Ich gehe raus zu ihnen", sage ich fest und blicke aus dem Fenster zu den zwei gefährlichen Männer, die vor ihrem zerbeulten Truck stehen. Es befinden sich unübersehbar einige Benzinkanister im Wagen, und es ist klar, was sie vorhaben, sollte ich nicht rauskommen.

„Das ist zu gefährlich!", protestiert Belle. Natürlich ist es das.

„Ich verstehe das nicht!", plappert Alice los. „Wer sind diese Männer, und was wollen sie von Ihnen?"

„Persönlicher Groll aus vergangenen Tagen. Der Kleine ist verrückt", erkläre ich gerade heraus. „Rede nicht mit ihnen."

Bis vor acht Jahren hätte ich jedem eine reingehauen, der Everett als verrückt bezeichnet hätte. Bis zu dem Zeitpunkt, als er meine Frau erschossen hat, war ich noch der Meinung, man könnte mit ihm reden.

Jetzt weiß ich es besser.

„Ich werde mich ihnen nicht nähern", erklärt Alice, und ich verdrehe die Augen.

„Carl, geh nicht raus", bittet Belle mich.

Ich drehe mich zu ihr um und bemühe mich um einen

sanften Gesichtsausdruck. „Belle, Liebling, wenn ich nicht gehe, werden sie das Gebäude niederbrennen und dich mit."

„Es niederbrennen?", kreischt Alice – dann lässt sie sich in einen Stuhl fallen und sackt beinahe ohnmächtig zusammen. „Oh Mann ... das ist zu viel für mich!"

Du hast uns diesen Mist doch erst eingebrockt, denke ich wütend über ihren Klatsch, über meine fanatischen Exgefährten und alles andere, was mein erstes Weihnachten mit Belle versaut. „Hören Sie auf zu jammern und kümmern Sie sich um Belle, während ich weg bin", keife ich sie an. Sie richtet sich auf und nickt mir mit großen Augen zu.

Ich richte meinen Blick wieder auf Belle. „Ich werde gehen. Mach dir keine Sorgen. Ich habe mich auf diese Eventualität vorbereitet."

Sie schluckt, und in ihren Augen schimmern Tränen. Ich nehme sie tröstend in den Arm.

„Alles wird gut" flüstere ich ihr zu und küsse sie. Ich weiß natürlich nicht, ob es das wird, aber ich muss sie dennoch trösten. „Vertrau mir."

Sie küsst mich ebenfalls und nickt mir verständnisvoll zu. „Komm zu mir zurück", fleht sie mich an.

„Das werde ich."

Dann verschwinde ich durch die Tür.

Kurz überprüfe ich meine Ausrüstung. Ich habe mehr dabei, als Belle ahnt. Mit leeren Händen kann ich sie nicht beschützen.

Ich gehe die Treppen hinunter und laufe durch die leere Lobby. Ich frage mich: *Verstecken sich die Angestellten in den anderen Räumen oder sind sie weggelaufen?* Ich trete durch die Tür. An den Händen trage ich nichts außer einem Paar Lederhandschuhe. Cassidy und Everett starren mich an, während ich mich ihnen weiter nähere.

Beide haben sich sehr verändert. Everett scheint geschrumpft zu sein und in fünf Jahren um fünfzehn Jahre gealtert. Sein Haar ist dünner, sein Gesicht rot und zerfurcht und seine blutunterlaufenen Augen blicken mich wütend an. Ich kann ihm ansehen, dass er weder nüchtern noch bei klarem Verstand ist.

Cassidy ist fett geworden. Er sieht müde und nervös aus, seine Muskeln sind schlaff geworden, und er hat seine Haare zu einem fettigen Pferdeschwanz gebunden. Keiner der beiden ist dem Wetter entsprechend gekleidet. Als ich herausstürme, blicken mich beide etwas überrascht an.

Stimmt Jungs. Den höflichen, vernünftigen Carl gibt es nicht mehr. Den habt ihr zusammen mit Elaine getötet. Jetzt bekommt ihr eine Ein-Mann-Armee, die direkt auf euch zuläuft.

„Was zum Teufel wollt ihr hier?", frage ich sofort und gebe ihnen nicht die Zeit, irgendeine Drohung in meine Richtung auszusprechen oder sich in Richtung Benzinkanister zu bewegen. „Wollt ihr mich vor einem vollbesetzten Hotel umbringen und dann einfach abhauen?"

„Na guck, wer sich dazu entschieden hat, aufzutauchen", sagt Everett in einem höhnischen Ton – als ich auf ihn zugehe, macht er einen Schritt zurück. „Hey, du hältst dich besser zurück -"

Ihm mitten ins Gesicht zu schlagen fühlt sich beinahe besser an als Sex.

Everett taumelt nach hinten und fällt blutspuckend in einen Schneehaufen. Während er auf dem Hintern landet, läuft ihm das Benzin aus dem Kanister über sein Hemd. Völlig verdutzt bleibt er liegen, als ich mich zu Cassidy drehe.

„Pisser -", beginnt er, lässt den Knister fallen und versucht, etwas aus der Innentasche seines Mantels zu ziehen. Ich erkenne eine Pistole, hole aus und verpasse ihm einen Kinnhaken. Anschließend trete ich ihm in die Eier, und er sinkt zu Boden.

Ich stürze mich auf ihn, um ihm die Pistole zu entreißen.

Everett ist auch bewaffnet und sobald er sich erholt hat, wird er das Feuer eröffnen. Cassidy wehrt sich, aber ich schlage ihn gegen den Kopf, und der Kampf ist für ihn beendet.

Gerade, als ich Cassidy die 38er entrissen habe, schlägt neben mir eine Kugel auf dem Boden ein. Ohne darüber nachzudenken, schnappe ich mir Cassidy und halte ihn wie einen Schutzschild vor meinen Körper.

Everett steht vor mir, die Kleidung in Benzin getränkt und seine Augen voller blinder Wut. Er richtet seine Automatik auf mich. „Du hättest niemals abhauen dürfen", faucht er.

„Ich bin wegen dir abgehauen, du verfluchter Mörder." Ich entsichere die Waffe. „Wegen dir bin ich abgehauen, wegen dir mussten wir uns aus dem Staub machen, wegen dir ist alles schief gegangen, wegen dir ist meine Frau tot. Du bist nicht nur ein Monster, *Dale*. Du bist der verdrehteste Typ auf diesem Planeten."

Vielleicht war das mies von mir. Immerhin weiß ich, was passieren wird, und es passiert. Everett beginnt zu schreien – und rast, wild um sich schießend, auf mich zu.

Cassidy ist immer noch nicht wieder ganz bei Bewusstsein. Ich höre ihn stöhnen, als er getroffen wird; bei den nächsten drei Kugeln, die seinen Körper treffen, reagiert er nicht mehr. Aus dem Haus höre ich Schreie: Belle beobachtet das Geschehen vom Fenster aus. Everett reagiert auf den Schrei, indem er stehenbleibt, sich dann grinsend in Richtung Belle dreht und seine Waffe auf sie richtet.

Ich drücke ab. Einmal. Aber ich ziele nicht auf ihn.

Erfahrung zahlt sich aus. Der Schuss trifft ihn in der Hand, und er lässt die Waffe fallen – doch vorher gelingt ihm noch ein Schuss, der direkt im Bürgersteig landet. Doch bei dem Schuss entsteht ein Funke, nur ein einziger.

Doch der reicht aus.

Schreiend geht Everett in Flammen auf, und für einen

Moment denke ich, er ist schlau genug und wirft sich wieder in den Schnee. Doch während die Flamme sich von seinem Arm in Richtung Brust ausbreitet, wirbelt er nur mit den Armen wild um sich – und rennt die Straße hinunter.

Ich kann mich nicht dazu überwinden, ihm zu folgen.

Seine Schreie verstummen nach einem halben Block. Ich sehe den Rauch aufsteigen und weiß, dass er zusammengebrochen ist. Tot oder lebendig, das weiß ich nicht. Aber er hat das verursacht – genau wie Cassidy Tod.

Ich sehe an mit herunter und finde keinen Kratzer. Ich habe die schusssichere Weste gar nicht gebraucht und meine eigene Waffe auch nicht. Ich musste sie nicht benutzen.

Das nenne ich ein Weihnachtswunder. Ich sehe mir Cassidy genauer an. Er liegt direkt vor meinen Füßen, die Augen weit aufgerissen, aber völlig leblos. Ich schließe seine Augen. *Du dämlicher Bastard.*

Du warst so angepisst, weil ich Everett gegenüber nicht loyal war. Aber warst du mir gegenüber loyal?

In der Ferne höre ich schon die Sirenen: Polizeiwagen, wahrscheinlich aus Shandaken. Ich lege Cassidy seine Waffe in die Hand, drücke mit seinem Finger den Abzug und gehe wieder zurück ins Haus.

Belle hat gesehen, was ich getan habe. Wird sie das akzeptieren? Kann sie mich akzeptieren, nachdem sie den Tod direkt vor sich hatte?

Ich gehe zurück und plötzlich überkommt mich eine so starke Müdigkeit, dass ich meinen Kopf kaum noch hochhalten kann. Wegen der Polizei mache ich mir keine Sorgen. Erfahrungsgemäß lässt sich die Lage so deuten, dass die beiden aufeinander geschossen haben. Sobald die Polizei das Ergebnis der Blutuntersuchung hat, werden sie es als Streit zwischen zwei Betrunkenen abhacken, der völlig eskaliert ist.

Ich werde dafür nicht ins Gefängnis gehen.

Aber Belle hat es gesehen.

Fürchtet sie sich nun vor mir? Vielleicht ist sie entsetzt? Ich gehöre bestimmt nicht zu den allerbesten Männern, und das hier war sicherlich keine allzu gute Situation.

Während ich die Treppen hochgehe, zieht sich mir der Magen zusammen.

Als ich die Türe zu Belles Zimmer öffne, stolpert sie mir entgegen. Blass, verweint und fiebrig klammert sie sich an mich, wie damals, als sie gegen die Unterkühlung ankämpfte. „Geht es dir gut?", fragt sie weinend.

Ich nehme sie fest in den Arm und vergrabe mein Gesicht in ihren Haaren.

„Jetzt geht es mir gut. Dir geht es auch gut, und das ist alles, was zählt." Wie durch ein Wunder hält sie mich nicht für ein Monster. „Es ist vorbei, Baby. Sie sind weg."

Ich trage sie ins Zimmer und sehe, dass Miss Crabbe in ihrem Stuhl sitzt, alle Viere von sich gestreckt und völlig regungslos. „Was zur Hölle ist mit ihr passiert?"

„Sie wurde ohnmächtig, als ich geschrien habe. Sie hat sich nicht mehr bewegt. Als sie die Schüsse und meinen Schrei gehört hat, hat sie wohl das Schlimmste vermutet." Belle blickt die Hebamme an und zuckt leicht zusammen. „Es ist wahrscheinlich das Beste, dass sie nicht alles mit eigenen Augen gesehen hat."

„Ja, ein wahrer Glücksfall", seufze ich.

„Was erzählen wir der Polizei?"

„Everett hat Cassidy erschossen, nachdem sich die beiden eine Schlägerei geliefert haben. Weil er mit Benzin überschüttet war, ist er durch den Schuss in Flammen aufgegangen. Er muss betrunken gewesen sein, und daher hat er nicht darüber nachgedacht." Ich schaue sie fragend an.

Es ist eine Lüge, eingebettet in einer strategischen Anordnung von Wahrheiten. Sie weiß aber auch, dass es sinnlos ist, mit bewaffneten Verrückten reden zu wollen. *Wie groß ist dein Vertrauen in mich, Süße? Kriegen wir das hin?*

Lächelnd nickt sie mich zustimmend an. „Keiner muss den Unterschied wissen."

Wow. Ich gebe ihr einen sanften Kuss. „Sei stark, Liebling. Bald wird das alles vorbei sein. Wir kriegen vielleicht doch noch unser Weihnachten."

KAPITEL 15

Am Ende haben wir ein fantastisches Weihnachten.
Der Polizei reichte ein Blick auf den Tatort, und ihre Fragen waren reine Routine. Ortsfremde, betrunken und gewalttätig, mit illegalen Waffen. Ein Mord gefolgt von einem tragischen Unfall. Fall erledigt.

Ganz so hat sich das Ganze zwar nicht abgespielt. Aber Carl hat es getan, um uns zu beschützen. Und sofern er keine Gewohnheit daraus macht, kann ich damit leben.

Alice wacht auf, leert drei Schnapsfläschchen aus der Mini-Bar, schwankt nach Hause und informiert ihre Patienten eine Stunde später per Rundmail, dass sie drei Wochen Urlaub macht. Sie tut mir fast ein bisschen leid ... aber nicht wirklich. Jetzt sind wir auf jeden Fall quitt.

Wir gehen nach Hause. Carl und ich kuscheln uns zusammen auf die warme Liege und trotz meines unruhigen Magens schlafe ich ein. Ich wache in seinen Armen auf und schaue aus dem Fenster auf die friedliche, weiße Schneedecke. Es weht kein Lüftchen.

Vielleicht ist der Winter hier oben doch nicht so furchtbar.

Carl lädt seine Cousins und deren Familien zum ersten Mal ein, sich das Haus anzusehen, und wir genießen ein tolles Abendessen inmitten lebhafter Kinder. Sogar ich schaffe es, ein wenig zu essen. Ich zeige seiner Familie meine Fotos, und wir reden über die Hochzeit und das Baby, das wir erwarten – und über den neuen Ring an meinem Finger.

Nach dem Dessert klingelt plötzlich mein Telefon: es ist Mom. Ich entschuldige mich kurz bei den anderen und nehme den Anruf an. Hinter mir höre ich, wie sich Carls Stuhl bewegt.

„Frohe Weihnachten, Mom", beginne ich, sobald ich die Küche erreicht habe.

Am anderen Ende der Leitung herrscht überraschtes Schweigen. „Ähm", antwortet sie schließlich. „Frohe Weihnachten."

Meine gute Laune schwindet. Carl bemerkt diese Veränderung sofort und kommt zu mir. „Was ist los?", frage ich.

„Ich habe Blake verlassen", antwortet sie leise. „Ich war beim Anwalt und habe ihm den Zugang zu meinen Finanzen gesperrt. Er darf auch das Grundstück nicht mehr betreten."

Ich schaue Carl mit großen Augen an. „Geht es dir gut?", stottere ich ins Telefon.

„Ähm, ja, aber ... nachdem ich mir mein Geld zurückgeholt hatte, hat er eine Menge Drohungen ausgesprochen. Ich muss für eine Weile aus Miami verschwinden."

Sie klingt müde, gebrochen, zurückhaltend – als sei ihr plötzlich klar, dass sie es verdient hätte, sollte ich sie nun zum Teufel schicken.

Aber so bin ich nicht. Und Carl auch nicht.

Wir sehen uns an, und er lächelt. „Sag ihr, wir haben einen Ort, an dem er sie nie finden wird."

„Steig einfach ins Flugzeug, Mom" sage ich ihr. „Wir holen dich am Flughafen Albany ab, und dann feiern wir ein verspätetes, gemeinsames Weihnachten. Ich habe dir eine Menge zu erzählen."

Ende.

© Copyright 2020 Jessica Fox Verlag - Alle Rechte vorbehalten.
Das Werk, einschließlich aller seiner Teile, ist urheberrechtlich geschützt. Jede Verwertung ist ohne Zustimmung des Verlages und des Autors unzulässig. Dies gilt insbesondere für die elektronische oder sonstige Vervielfältigung. Alle Rechte vorbehalten.
Der Autor behält alle Rechte, die nicht an den Verlag übertragen wurden.

 Erstellt mit Vellum

www.ingramcontent.com/pod-product-compliance
Lightning Source LLC
LaVergne TN
LVHW011733060526
838200LV00051B/3167